U0033113

# 黃壁紙

夏洛特・吉爾曼 Charlotte Perkins Gilman

劉柏廷 譯

# The Yellow Wallpaper

The Yellow Wallpaper

# 目錄

◎瘋狂與靈光之間——從〈黃壁紙〉的校譯工作談起　曾珍珍　6
黃壁紙　13
三個感恩節　51
小小別墅　83
轉　105
改變　129
假如我是男人　149
畢包斯先生的初衷　165
◎我寫〈黃壁紙〉的理由　184
◎療癒女性家庭馴化創傷經驗之吉爾曼式象徵療法　劉柏廷　187

# 瘋狂與靈光之間——從〈黃壁紙〉的校譯工作談起

國立東華大學英文系教授　曾珍珍

逗點計畫出版美國十九世紀末的女性經典小說〈黃壁紙〉中譯，譯者為畢業於東華大學創作與英語文學研究所的劉柏廷。逗點邀請我為這篇小說撰寫導讀序，讀過柏廷的中譯之後，忝為譯者碩士論文指導教授，覺得若能提供學生一點協助，校譯應比導讀序來得具體有益。原因是，涉及文學翻譯，尤其是一篇經典作品的翻譯，需要非常嚴謹地進行，譯文必須同時符合學術與藝術的雙重要求。學術上，首先要擇定一恰當的版本；在翻譯之前，除了熟讀原著之外，更應透過對其詮釋沿革的深入研究，加強對作品文本各個可能面相的體會與把握。在實際翻譯的過程中，除了英譯中語意轉化的一般考量之外，更應把小說創作活動過程中所需注重的藝術技巧加以靈活運用，譬如需要講究敘事者的語言調性與敘述律動，活現她的幻覺視景與情緒變化，以及最重要的，如何在譯文中保留原著文本曖昧的多義性，讓被內化的壓制與越界的反抗兩者間並存、僵持、拉扯的張力醞釀於字裡行間。

夏洛特·柏金斯·吉爾曼（1860-1935）於1890年完成〈黃壁紙〉，經過多方努力，於1892年刊載於《新英格蘭雜誌》（*The New England Magazine*），雖曾短暫引起迴響，但漸被遺忘。1973年伊蓮．赫茲（Elaine Hedge）主持的女性主義出版社（The Feminist Press）重新印行，在女性主義批評推波助瀾之下，旋即入列美國十九世紀女性文學經典，成為大學女性文學、婦女研究，甚至心理諮商必讀教材之一，〈黃色壁紙〉研究蔚為一時顯學。1992年，女性主義出版社由學者凱薩琳．戈登（Catherine Golden）擔綱編輯，彙整與〈黃壁紙〉研究相關的背景材料和名家詮釋，出版《被拘禁的想像：〈黃壁紙〉研究彙編》（*The Captive Imagination: A Casebook on "The Yellow Wallpaper"*）；1998年學者茱麗．貝茲．達克（Julie Bates Dock）參考〈黃壁紙〉手稿和作者生前印行的七種版本，完成校勘本，並附有背景材料和早期評論等：《夏洛特．柏金斯．吉爾曼的〈黃壁紙〉及其出版和接受史：評註本與資料彙編》（*Charlotte Perkins Gilman's "The Yellow Wall-paper" and the History of Its Publication and Reception: A critical Edition and Documentary Casebook*）。這兩本學術專著是深入了解〈黃壁紙〉的必讀參考書。我的校譯所採用的版本即為達克教授的校勘本。

作者吉爾曼曾現身說法，指出這篇小說的創作發想與自己的親身經驗有關。1886年，她罹患產後憂鬱症，被安排接受當時醫界推崇的「休息療法」為期三個月，期間完全被禁止動腦寫作，導致精神幾乎崩潰，幸經女性作家友人指點，靠寫作死裡逃生，獲得自我療癒。寫作這篇小說的目的，即在呼籲「具有創意的工作」而非壓制心智活動的「休息療法」才是讓憂鬱獲得紓解的良方。解構學說的流行已讓當代的讀者充分體會作者的意圖並非文本意涵的唯一指標。翻譯〈黃壁紙〉最大的挑戰，除了對原文語意的精確把握之外，在參酌百家爭鳴的詮釋之後，譯者更應重視如何透過譯文讓讀者體會到原著文本的多重開放性：在以日記體為之的「歇斯底里」書寫背後隱藏著精心架構的女性驚悚小說；在精撰的女性驚悚小說背後則又蠢動著顛覆父權象徵次序的暴烈企圖，游擊於言說與不可言說之間試探女性身體書寫之端倪；甚至有論者力倡原著除了反抗父權文化婚姻制度與醫療體系對女性思想主體的壓制之外，更潛藏著解構性別二分的酷兒想像，而晚近貓學夯盛，女主角晝伏夜出，撕扯壁紙又敏於嗅覺，在爬行中以體液標示版圖的行為表現，更讓凱薩琳·戈登推翻女性主義批評的主流詮釋，認為小說結尾的爬行動作不宜讀成女性自主心智被壓制後退化成獸類的一種隱喻象徵，將敘述者視同於「閣樓中瘋女」的原型人物。相反的，女主角的貓性行為在小說結尾時臻至高峰表現，正是女性自主意識以詭譎莫測的迂迴策略推翻父權體制之達成（參閱 *"Making Her Territory: Feline Behavior in 'The Yellow Wall-paper'," American Literary Realism, Vol. 40, no.1,* 2007 年秋季號，16-31）。小說結尾在房間內幽閉爬行的到底是退化成原始獸類的瘋女人，還是推翻宰制正在學習爬行的新生女性？美國國慶日，七月四日出現在小說中，是反諷地映現民主政體的誕生並未對等地捍衛性別平等，還是藉以召喚性別革命之必要與新女性的誕生？什麼樣的譯文容許多重開放文本同時並行？這是我的校譯工作努力的目標。目標是否達成取決於譯文是否容許並帶給讀者開放性閱讀的挑戰與樂趣。譬如小說一開始，敘述者來到整個夏天預計租寓的鄉間莊園，置身在超過百年歷史的廳堂空間，隨即墜入詭魅想像（gothic imagination），透露出她是詭魅小說的愛讀者。此際，由閱讀獲得的替代經驗透過租寓行為身歷其境，她即刻從浪漫的遐思獲得歡愉（felicity），她的敘述是在這樣的情緒中展開的。隨著敘述的展開，她從讀者轉化成作者，娛樂性的閱讀一步步翻轉成與驚恐角力的心智探險與抗爭。潛藏在原文表層關於這一機轉的啟動，譯文能有效傳達嗎？

進行校譯工作時，腦際浮起愛彌麗．狄瑾蓀（Emily Dickinson）寫於1863年的一首詩：

Much Madness is divinest Sense—
To a discerning Eye—
Much Sense— the starkest Madness—
'Tis the Majority
In this, as All, prevail—
Assent—and you are sane—
Demur—you're straightway dangerous—
And handled with a Chain—

**十足的瘋狂**是最最**靈光**的——
對有**眼力**辨識的人而言——

**十足的理智**——才是徹底的**瘋狂**——
是**多數人**的意見
在這檔事上，如同**所有的事**，當道——
**附從**——算你腦筋正常——
**不以為然**——你可是危險人物——
合當以**鎖鏈**侍候——

顯然，在顛覆父權體制獨尊理性作為正常與異常的判准這件事上，狄瑾蓀是吉爾曼的先行者，其先見更早於二十世紀的解構大師們，包括福寇（Michel Foucault）在內，一百多年。自三十歲起幽居在家，入夜馳筆寫詩，不畏癲狂，狄瑾蓀的原創想像早就掙脫父權鎖鏈，用變化多樣的地景象徵，譬如花園、海潮、地中海、深井、火山、映著紫色夕照的山頭等，書寫女性身體的慾望。吉爾曼小說文本中的敘述者，在心智崩潰的邊緣，一方面將父權宰制內化，成為監視的幫兇，私藏繩索，預備將從壁紙中闖出的女人綑綁起來，一方面又沿著牆腳防水板（mopboard）上緣那條圍繞著房間莫名所以的線條爬行，宛若它是迷途的指引。擺盪在繩索與線條間掙扎著的，正是受困同時也受惠於歇斯底里的女體，要憑藉著越界的想像，顛覆父權常規，將自己的靈魂書寫出來。這一圈圈環繞著房間的線條，是由 smooches 連綴成的，根據敘述者的描述，它非常的滑順，像是一再被抹拭過的。smooch 這個字多義，通常指的是狎吻，在此處，另指污斑或污漬。按日常現實研判，這漬線可能是長期用拖把沾水抹拭地板暈染上的；但是，敘述者故弄玄虛，特別強調其不知所以然，導引讀者作象徵化詮解。女性主義批評家瑪麗．雅各卜斯（Mary Jacobus）認為在大書特書黃色的腥味之後，作者採用這隱晦多義的字眼為線條賦形，背後所反映的是：「吉爾曼故事中不可言說的部分——歇斯底里（hysteria）的字源所指涉的女性性器：子宮……同時也反映了1890年代對於女性性慾再現的壓制，特別是對於女性書寫的壓制。」慧黠的吉爾曼以聲東擊西的障眼書寫，看似抽象化了的線條，將女性身體無以名之，卻被父權象徵次序污名化了的歇斯底里動能，委婉表述出來。把鎖鍊轉化為成串的女性身體書寫，與狄瑾蓀隔了近三十年和聲宣告「**十足的瘋狂**是最最**靈光**的——」。除了校譯之外，謹容我為這條smooches漬線所隱含的前衛寓意略作上述提點。讀者若對更深入閱讀這篇喚醒女性自主意識卓有貢獻的經典短篇小說感興趣，可參考張小虹教授以女性主義批評結合精神分析與解構思維寫就的論文：〈文本中有女人嗎？——閱讀〈黃色壁紙〉〉（刊載於1994年3月出刊之《中外文學》卷22第10期，頁57～67）。

譯者劉柏廷愛好寫作，在學期間屢獲東華文學獎。獲得碩士學位之後於技術學院擔任英文講師，授課之餘，致力於創作與文學翻譯，其志可許。在此以精心校譯鼎力相助，願其譯藝經此磨練，更上層樓。

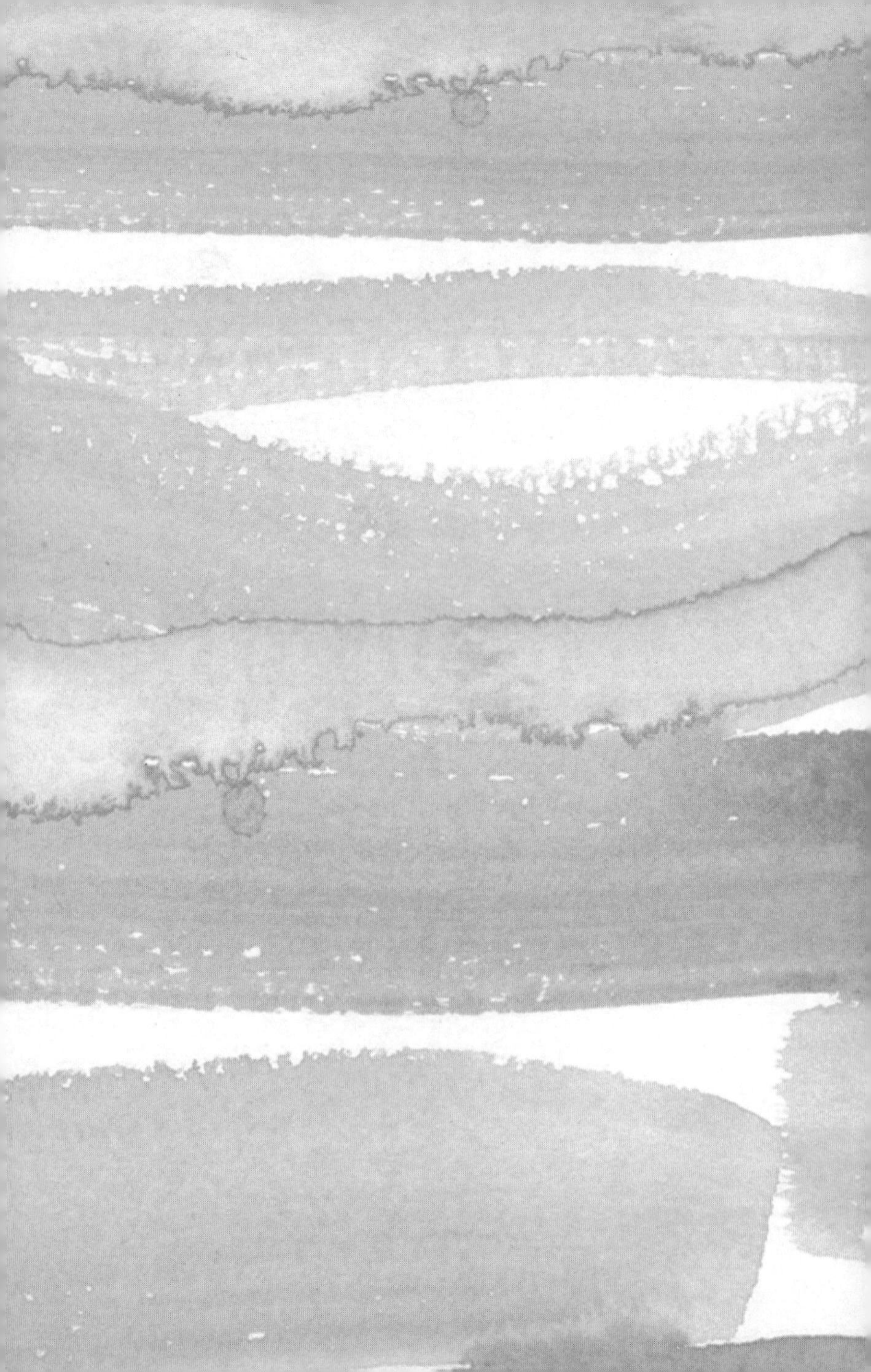

# 黃　壁紙

# *The Yellow Wallpaper*

對約翰和我這等尋常人家來說，這個夏天得以據享這一間又一間古色古香的廳堂，可說是罕見的機遇。

這是一棟殖民時期的宅邸，祖傳的家產，這房子我說啊有幽魂出沒，引人臻入浪漫奇情的遐思——不過這可是太想入非非了！

但我敢拍胸脯說這棟房子鐵定有毛病。

不然，為何會賤價出租？為何一直乏人問津？

約翰因此嘲笑我，當然吶，既為人妻，被嘲笑也不是什麼新鮮事。

約翰極端務實，他對信仰毫無耐心，視迷信為洪水猛獸，要是聽到有人談論關於一些看不見、感覺不到、又沒辦法用數字具體表述的東西，他也會公然嗤之以鼻。

約翰是醫生，而**可能**就是這樣——（這我可不敢對活生生的人提起，但眼前是張無聲無息的紙，容我吐訴心中塊壘——）**可能**就是這原因讓我無法快快康復。

看，他根本不相信我病了！

那該怎麼辦？

假使一位聲望極高的醫生，碰巧又是妳的老公，總向親朋好友擔保說妳根本沒啥問題，不過是暫時的神經質——輕度的歇斯底里傾向——罷了，那該怎麼辦呢？

我的哥哥也是醫生，同樣也是聲望崇隆，他的說法如出一轍。

於是我就服用磷酸鹽或亞磷酸鹽藥水——管它是哪一種——我也服用一些提神補藥、到處旅遊散心、呼吸新鮮空氣和運動，而在我康復之前，絕對被禁止「勞神工作」。

我本身不同意他們的主張。

我個人相信從事一些恰意的工作，最好帶點刺激和變化，才對我有益。

但是該怎麼辦呢？

我的確不甩他們寫了一陣子；但是書寫**確實**讓我心力交瘁——想要寫點東西，非得偷偷摸摸，不然就得面臨大力阻擾。

有時我會異想天開，像我這樣子，假使能少一點阻擾，而多點社交和刺激的話……可是約翰告訴我，我現在最忌諱做的事便是對自己的狀況東想西想，老實說，這樣子想下去的確讓我感覺很糟。

那就別想了吧，來說說這房子的狀況。

這裡真漂亮！與世隔絕，僻處於馬路後方，離村落有三哩遠，它讓我想起書上讀過的一些英國莊園似的地方，因有樹籬、圍牆、深鎖的大門以及許多供園丁和庶民分開住的小屋。

有個**令人心曠神怡**的花園！我從未見過這樣的花園：寬敞，蔭濃，遍佈旁植黃楊木的小徑，沿途排列著葡萄藤垂滿的涼亭，亭中設有座椅。

也有溫室花房，但現在都已凋敝了。

我相信一定有些法律問題沒有解決，可能是共同持分的繼承者之間有了什麼糾葛，總之，這地方已經閒置好幾年了。

這可搗亂了我的鬼屋遐思，恐怕，管它的——然而這房子確實有點怪——我感受得到。

某個月光漫泛的夜晚，我對約翰說出這感覺，但他說我感受到的只是**穿堂風**罷了，隨即就把窗戶關上。

有時候無來由的，我會對約翰發脾氣，我確知自己以前不會像現在這樣敏感，我想這都是神經質作祟。

約翰說如果我這麼覺得，就會輕忽應該好好控制自己的情緒；因此我費盡心力自制——至少在他面前是如此，這讓我感到非常疲倦。

我一點都不喜歡我們的房間，我之前想要的是樓下的房間：向著門廊敞開，窗戶爬滿玫瑰，還掛有漂亮的老式印花細棉垂簾！但是約翰就是不聽我的。

他說裡頭只有一扇窗，也不夠空間放兩張床，假使他想分房睡，也沒有相鄰的房間。

他對我呵護備至，連我要起身走走，都得有他的特別指令。

一天中的每一個小時我的活動都被開藥方似地排定了；他什麼都不讓我操心，因此若不珍惜他的關照，我便會覺得自己他媽的忘恩負義。

他說純粹是為我著想他才會搬來這裡，這樣我便能夠妥善休息，呼吸大量的新鮮空氣。「妳若想運動就得視妳有多少氣力，親愛的——」

他說：「而妳要吃多少，也得看妳胃口好壞；但是空氣，妳隨時可以大口大口呼吸。」因此我們就選了頂樓的育嬰室。

這是間寬大、通風的房間，幾乎是整個樓層的大小，有環顧四方的窗戶，空氣與陽光都豐沛。我判斷這裡原本是育嬰室，後來變成兒童遊戲間與健身房；因窗戶都為顧及小孩的安全而加了欄杆，牆上也有一些吊環和這個那個的。

牆的漆色跟紙質看起來像曾充作男童課室似的。它一大片一大片地被剝落——這壁紙——在我的床頭頂上，我伸手可及之處，還有在房間另一頭牆腳的大塊面積上。我這輩子再沒見過比這更糟的壁紙了。這些橫陳枝蔓的誇張圖飾中，有一種紋路簡直大逆不道、違犯了藝術常規。

壁紙上的圖案暗沈到讓人摸索紋飾脈絡的目光無以為繼，卻又依稀可見到，不斷激引人想一窺究竟，而每當你循著蹩腳而左彎右拐的弧線一小段距離，這些線條會突然自殺——以突兀的角度縱身下墜，在出人意表的相互牴牾中摧毀於無形。

壁紙顏色討人嫌，幾乎讓人反胃，是種鬱悶不潔的黃色，在日光緩慢移動下詭異地淡去了色彩。有些地方呈暗沈又乏味的橘色，另有些地方則呈令人作嘔的硫磺色澤。

難怪小孩們討厭這壁紙！如果我自己要在這房間裡久住，我也會油然生厭。

約翰來了，我得把這藏起來——他不喜歡我寫東西。

* * *

已經來到這裡兩個禮拜了，我都一直提不起勁來寫作，從第一天開始就這樣。

我正坐在這獰惡的育嬰室的窗戶旁邊，除了自己精神不濟之外，沒有其它理由阻擋我書寫的慾望。

約翰整天都外出，他的病患狀況危急時，他也整晚不會回來。

我慶幸自己的病情不算糟糕！

但這些神經質的毛病實在令人沮喪得要命。

約翰根本不知道我究竟有多痛苦，他只覺得我根本沒有任何**理由**痛苦，這就夠讓他心安理得了。

對啊，不過是神經質而已！可是它壓得我喘不過氣來，讓我沒辦法扛負任何責任！我原本希望自己能當約翰的好幫手，真的好好休養，舒舒服服享受，不料，這下我反倒成了他的負擔！

一定沒人會相信我現在連作點自己尚能勝任的小事——穿好看點讓人開心，草擬購物單子——都非常吃力。

還好瑪麗對嬰兒很有一套，我最最可愛的小寶貝啊！

可是我**無法**跟我的兒子相處，這會讓我緊張到不行。

我想約翰這一輩子都不曾緊張過，他還取笑我對壁紙的看法！

一開始他原本想將房間重新整修過，但之後他卻說是我自己故意被它擊垮的，對神經衰弱患者來說，再也沒有什麼會比沉溺在幻想中更糟糕的了。

他說要是換了壁紙之後，接下來就會要換掉這沉重的床架，然後呢

是加了柵欄的窗戶，然後呢是樓梯口的那扇門，一直換下去。

「妳應該清楚這地方對妳的健康有益——」他這麼說：「而且說真的，親愛的，租期才短短三個月，我實在沒必要費心把房子都重新裝修過。」

「那我們搬下樓去——」我說：「樓下還有漂亮的房間啊。」

接著他把我擁入懷中，說我是隻幸福的小白鵝，然後說他會去地窖瞧瞧，如果我要的話，他會把那邊刷白弄好。

他對於床啊、窗戶啊、其他一些東西的看法其實是對的。

這是一間大家都渴望擁有的房間，通風又舒適，我當然也不會蠢到只為了一時興起讓他感到不快。

我真的越來越喜歡這偌大的房間，就除了那恐怖的壁紙之外。

從一扇窗子望出去我能看見花園、那些神秘蔭濃的亭子、蕪蔓茂盛的老式花卉、矮叢以及因結瘤而歪七扭八的樹木。

透過另一扇窗子，我看見漂亮的海灣風景，還有一個屬於這莊園的私人小碼頭，有一條美麗的林蔭小徑從房子這邊一直往下延伸到碼頭。

我總是幻想著有人在小徑與涼亭之間走動，但約翰警告我千萬別再沉溺於幻想，他說，以我天馬行空的想像力和愛編故事的癖好，加上神經衰弱，勢必導致各樣激越的奇想，我得憑自己的意志和精敏來防止這種傾向的發生，我於是試著遵行。

有時我覺得要是自己能好到可以寫點東西，這應該能幫我緩解思緒上的壓力，讓我好好休息。

但每當我一嘗試，便感到無比倦怠。

只要一想到自己在寫作的事上無人指點或相隨，我就感到十分喪氣。如果我身體真的好轉了，約翰說，我們可以邀請亨利表哥以及茱莉亞表妹來住幾天；但他又說目前讓這些喜歡夯鬧的人來，簡直像在枕頭裡放煙火，自找罪受。

我真希望能夠快點康復。

最好別再多想。壁紙似乎也**知道**自己能帶來何種歹毒的影響！

牆上有個角落一再冒現，它的圖案向下垂，像煞折斷的脖子，上頭還有兩顆倒吊的眼球，睜得大大緊盯著你不放。

這視覺上的突兀及無盡的侵擾讓我火冒三丈。這些圖案上上下下往四周爬竄開來，到處可見那些荒謬、怒瞪的眼睛，還有個地方壁紙的幅寬竟然互不吻合，於是沿線的兩眼上吊下擺，一顆比另一顆稍稍高了一些。

我從未在沒有生息的物體上看過這麼多的表情，而它們的表情之豐富我們可是向來心領神會！兒時，我常醒著躺在床上，望著空白牆面以及簡樸的家具陳設，從中領受的消遣與驚懼遠比其他小孩在玩具店裡得到的要多更多。

我記得往昔那張龐大的老式寫字桌，上頭的圓球把手會對我和善地眨眨眼，也有張椅子像是一位碩壯的好友。

若是某個東西看起來太兇神惡煞，我總覺得只要往那張椅子上一蹬，一切安啦。

這房間的家具說穿了就是不搭而已，因為全都是從樓下搬上來的。我想，以前這兒充作遊戲間時，他們也得把育嬰室的東西搬走，這就難怪了！我還是第一次見識到小孩們能夠這樣地把一個地方糟蹋得如此悽慘。

這壁紙，我之前說過，有些地方被剝落了，然而它還是死心塌地粘貼著，比兄弟間更親密——即使有仇隙，仍死命勾連在一起。

地板有被刮的痕跡，也被挖過，撬裂過，到處都有掘出的灰泥，而這張巨大沈重的床，我們在這房間裡唯一發現的東西，看起來像是經歷過戰火一般。

這些我都不在意——唯有那壁紙。

約翰的妹妹來了，是個可人兒，處處關心我！我絕不能讓她發現我在寫東西。

她是一名完美且興致勃勃的家管，也只打算當個管家，我確信她認為讓我生病的原因就是寫作！

她一出門我就能寫了，我總是從窗戶目送她出門去。

有一扇窗能俯瞰道路，是一條有樹蔭的蜿蜒小路，還有一扇窗能遠眺整片鄉野，風景極佳，有巨大的榆樹林立和絲絨般的草地。

這壁紙潛伏著一種色澤不同的底層圖案，特別惱人，因為你只能在特定光線下才看得到，而且還不清不楚。

而在一些尚未褪色的地方，如果陽光也還夠的話——我能看見一具沒有固定形狀的身影，怪異且令人不安，似乎就蟄伏在那呆板、明顯的前飾紋路後頭。

小姑上樓來了！

＊＊＊

嗯，七月四日※過了！大家都走了，我也累了，在這之前，約翰覺得要是有一些人來陪伴我，應該會對我有幫助，所以我們邀請了母親、奈莉以及小朋友們來玩上一個禮拜。

當然我什麼事都不需要做，所有事情現在都由珍妮打理。

可是我還是一如往常地心力交瘁。

約翰說要是我不快點好起來的話，秋天他就要把我送到威爾．米歇

※ 美國獨立紀念日，即美國國慶日

醫生※那兒去。

可是我一點都不想去，我有位朋友曾接受他的看顧，她說他跟約翰還有我哥哥一模一樣，甚至有過之而無不及！

此外，能走到這地步也算是很不容易。

我並不認為值得換手讓別人看顧我，而且我也變得相當煩躁、愛發牢騷。

我常沒來由地哭，多數時間都以淚洗面。

當然，要是約翰或其他人在時，我不會哭，獨自一人時我才哭。

我最近一個人的時間多了不少，約翰常常留在城裡照料他那些嚴重的病患，珍妮很貼心，若我希望她讓我獨處，她總依我。

於是我在花園裡，或沿著那條美麗的小徑，稍稍散步了一下，或坐在玫瑰叢下的門廊，或在樓上這裡躺好一會兒。

儘管壁紙還在，我漸漸喜歡上這房間了。有可能正是**因為**壁紙的緣故。

這壁紙住進了我的心房！

※ 錫拉斯・威爾・米歇（Silas Weir Mitchell, 1829 - 1914）美國內科醫生及作家。

我躺在這張巨大、搬不動的床上——床被釘牢了，我相信——然後花了一小時左右摸索著壁紙的圖案，我可以向你保證，這就像表演體操那樣每個動作需要精準到位。嗯，我從下方——牆角那兒還沒遭到破壞的地方——開始，我下了千次的決心，一定**要**循著這無意義的圖案加以揣摩，直到歸結出個所以然來。

對於設計的原則我略知一二，我看得出這東西並非依據如放射、交替、重複、對稱或任何我曾聽過的準則而排列。

沒錯，它就是以不同的寬幅在重複著，別無其他解釋了。

若定睛從某個角度觀看，會發現每一寬幅都是各自獨立的；誇張的線條以及花飾——採一種「低劣的羅馬式風格」且如酒精中毒者般**手腳痙攣亂顫**※——在互不聯屬不成章法的序列中，上下擺動著。

可是也有另一種看法：這些圖案以斜對角相連，擴散開來的輪廓形成一波波駭人的視象滔滔傾襲而來，就像一叢叢翻騰的水草前仆後繼你追我跑一般。

整體紋路都依水平方向移動，至少看來如此。我試圖要辨明朝這方

※delirium tremens：震顫性譫妄，由過度嗜酒後，忽然降低飲用量或戒斷飲酒所引起的生理不良反應。

向發展的規律，把自己給累壞了。

壁紙上的帶狀紋路採水平移動的橫幅，這下可更增添了眩目的效果。

房間有一盡頭處的壁紙幾乎是完好如初的，當交映的日光黯淡了，而低垂的暮色直接映照在上頭時，我幾乎能分辨出輻射狀的整體——這連續不斷的醜怪圖案似乎圍繞著一個共同的中心點，以同等的雜亂無章，前仆後繼地跌撞開來。

這樣一直看下去讓我感到倦怠，我想我來打個盹兒好了。

＊＊＊

我根本不知道寫這些東西幹嘛。

我也不想知道。

我感到無能為力。

我知道約翰會覺得這很荒謬，但我**必須**找到方法表達自己的感受與想法——這是何等的紓解方式！

但要付出的心力與日俱增，與得到的舒緩不成正比了。

現在大半時候我都無比懶散，癱在床上。

約翰說我絕不能流失氣力，他要我吃魚肝油、大量的提神補藥還有一些有的沒的，更別提還有麥汁、酒和上等鮮肉。

噢我親愛的約翰！他深愛著我，他不想見到我生病，有一天我試著要和他理智地懇談，告訴他我是多麼希望他能讓我離開這裡，讓我去拜訪亨利和茱莉亞表親。

但他說我沒辦法走，到表親家之後我也會承受不了的；我沒辦法假裝自己的狀況很好，因為我話還沒說完就哭了出來。

要我不去胡思亂想，對我來說，是越來越費力了，我想應該是神經衰弱導致的。

親愛的約翰把我摟進懷裡，抱我上樓，將我放上床，他坐在我旁邊，朗讀給我聽，直到我的腦袋受不了為止。

他說我是他的寶貝，是他的慰藉以及所有，為了他，我一定得負起照顧自己的責任，保持健康。

他說除了我自己誰也幫不了我，我得運用自己的意志和自制能力，別讓其它任何妄想帶著我狂飆。

寶寶很健康且快樂，至少他不需要和這恐怖的壁紙一起待在育嬰室裡——這算令人欣慰了。

要是我們沒使用這間育嬰室，那麼蒙福的寶寶就得住進來了！他真是幸運逃過一劫！此話怎說？我絕不讓自己的小孩——這易受影響的小傢伙——住進這樣子的房間裡。

我從未想過這問題，但好險約翰把我安置在這裡。你知道嗎，跟小寶寶比起來的話，我的忍耐力絕對比較好。

當然，我並不打算向他們提起這件事——我太明理了——但我仍然繼續保持戒心。

有些什麼東西在那壁紙裡，除了我之外無人知曉，往後亦然。

在外側圖案的背後，那隱約模糊的身形已日漸明顯起來。

身形是固定的，數量卻有無數個。

好像有女人在那圖案後面匍伏爬行著，我一點都不喜歡看到這景象，我在想——我開始思考——我真希望約翰可以帶我離開這裡！

＊＊＊

因為約翰這麼明智又這麼愛我，我很難向他開口提起自己的狀況。

但昨晚我試過了。

昨晚月明，月亮如日光照耀四方。

有時候我實在不想看到月光，光線緩緩爬移，總是從窗戶那邊溜了進來。

約翰睡著了，我不想喚醒他，因此我保持鎮定，觀察月光灑在波動的壁紙上，等我感覺到毛骨悚然了才作罷。

藏在背後的昏暗人形似乎在搖動壁紙上的圖案，活像要闖出來一樣。

我輕輕站了起來，跑去試探看看壁紙是不是**真的**在動，當我回到床上時，約翰醒了。

「怎麼啦，小可愛？」他說：「不要到處亂走動——這樣的話你會著涼的。」

我當時覺得這是開口的好時機，於是就跟他說，我在這邊狀況沒有好轉，希望他能帶我離開。

「這是為什麼呢親愛的！」他說：「我們的租約再三個禮拜就到期了，我實在不懂為什麼要提早離開。」

「我們自己的家還沒整修好，我現在也不大可能出城，當然，如果妳有什麼危急的狀況，我一定肯搬，但妳真的好多了啊，親愛的，不管妳自己看不看得出來。我是醫生，寶貝，我是知道的，妳都長肉了，氣色也好多了，胃口更好了，妳現在的狀況真的讓我放心多了。」

「我一點都沒有變重啊……」我說：「更別說豐潤起來了；我的胃口在晚上可能有比較好，那是因為你在啊，但早上你一出門，我就沒胃口了！」

「老天啊來幫幫這小心肝！」他給我大大的擁抱，對著我說：「她覺得自己病得多嚴重，就有多嚴重！但現在我們得趁這時段先睡覺，明早再說好嗎！」

「那你不考慮離開嗎？」我鬱鬱地問。

「我怎會考慮呢寶貝？只剩三星期了，接下來我們會出門好好玩個幾天，讓珍妮把家打理好。真的，寶貝妳真的好多了！」

「生理狀況可能有好轉——」我正要開口，但馬上住嘴，因為他從床上起身坐好，用一種嚴厲、斥責的表情看著我，讓我什麼話都說不出來了。

「我親愛的……」他說：「算我求妳吧，為了我好，為了我們寶寶好，當然也是為妳自己好，請不要再讓那想法闖進妳的腦袋了！這兒根本就沒有什麼危險、著魔的東西能威脅像妳這樣的心性，那都是虛假而愚蠢的幻想，連我這作醫生的都這樣跟妳說了，妳還不相信嗎？」

我當然就此打住，我們不久就回頭去睡，他以為我先睡著了，但是我沒有，躺了幾小時還醒著，試著要去分辨壁紙上面的前、後層圖案到底是一起還是分開移動的。

＊＊＊

日照下，這樣紊亂的圖案，沒有延續性，也拒斥了規則，對於一個正常的心智來說，是種不斷的激惱。

壁紙顏色有夠齷齪，讓人唾棄，還會讓人肝火焚然，而上頭的圖案也真是折磨人。

你以為對這圖案有所掌握了，但就在你循著它看得有點順時，這圖案便突然向後翻觔斗，就這樣朝你臉頰揮來一拳，把你撂倒，狠狠踐踏你，就像惡夢一場。

外圍的圖案屬於浮華的阿拉伯式藤紋，會讓人聯想到一種菌菇，如果你想像一顆顆毒蕈連接起來的樣子，連成一串永無止盡的毒蕈鍊，七彎八拐地冒芽抽長——哎，就是這種模樣。

有時候就是如此！

關於這壁紙還有個特別之處，除了我之外都還沒有人留意到，那就是它會隨著光線而變化。

當陽光射穿東邊的窗口——我總是留心看那第一道狹長且筆直的光線——壁紙便以我不能置信的速度快速變幻著。

這就是我為什麼一直監視它的緣故。

在月光照耀下——皓月高掛，整夜發亮——我根本看不出這是同一張壁紙。

在夜裡不管什麼樣的光線：暮光、燭光、檯燈光線及最糟糕狀況下的月光，通通都會讓圖案變成圍欄！我指的是外圍的圖案，而其背後的女人則明晰可見。

有很長一段時間我根本不能理解那藏在後面的東西到底是什麼——那暗淡的底紋——但現在我可以十分確定那是個女人了。

日光下她是受制的，很安靜，我猜想就是壁紙的圖案把她給鎮住了。真令人想不透。這讓我噤默了好一片刻。

這段期間我一直賴在床上，約翰說這樣對我好，而且要盡量睡著。

他的確盯著我養成每頓飯後去躺個一小時的習慣。

我確信這是不好的習慣，因為我根本就睡不著。

這也讓我開始欺瞞起來，因為我不可能告訴他們我醒著——噢不！

其實我對約翰也開始有點畏懼。

他有時候很古怪，甚至珍妮臉上也會有一種令人不解的表情。

偶爾我會猛然驚覺，就像獲致一項科學假說——或許都怪這壁紙！

我一直在觀察約翰，他並不知道我正看著他，找了個再笨不過的藉口，匆匆進房，我好幾次都抓到他一直在**盯著這壁紙**！珍妮也一樣，她還有一次被我撞見把手放在上面呢。

她那時候不知道我在房裡，但當我盡可能克制住自己，以極輕柔、非常輕柔的聲音問她為什麼在摸壁紙的時候——她轉過身來，就像是小偷被抓到那樣，看來十分生氣——問我為什麼要這樣嚇她！

接著她說，這壁紙沾過的東西，都會留下汙漬，她在我跟約翰的衣服上發現黃色的汙漬，她希望我們要小心不要再碰到！

這理由聽起來不是太腦殘了嗎？但我知道她在研究那圖案，我決定除了我之外，誰都別想發現真相！

＊＊＊

現在的生活跟以前比起來更令人感到興奮了。我現在有更多值得去期待、盼望跟觀察的東西。我胃口也確實好多了，也比之前安靜多了。

約翰看到我好轉，他開心極了！前天他還稍微笑了一下，他說，儘管壁紙還在，但我似乎漸漸強壯起來了。

我輕笑一聲，結束話題，我不打算告訴他說還好**因為**有這壁紙——他肯定會嘲笑我，也可能把我送走。

我現在不想走了，除非查出個水落石出。還有一個禮拜，我想時間應該夠用了。

＊＊＊

我現在感覺自己身體好轉多了！夜裡我不再睡那麼多，因為夜裡看壁紙的發展變化實在是太有趣了；反而我白天睡很多。

白天壁紙讓人感到疲倦和困惑。

菌菇上一直有嫩芽抽長著，覆蓋其上的是鮮黃的新色澤，儘管我保持清醒要試著數出這些小芽，但我還是無法持續數下去。

它的黃詭異到了極點，那壁紙！讓我想到我曾見過的所有黃色物件——並非像金鳳花這般美麗的，而是些陳舊、腐壞、劣質的黃色物件。

但這壁紙上還有別的東西——它有氣味！之前一進到房間裡來，我就注意到了，當時空氣流通，陽光充沛，氣味並不算太差，但最近一禮拜都是淫雨有霧，無論窗子開或關，那氣味都在。

這氣味鑽進屋子的四處。

我發現到這氣味在用餐室徘徊不去，隱藏在客廳，躲在大廳裡，埋伏在樓梯間，等待我的到來。

它鑽進我頭髮裡。

甚至連我去騎馬時，突然頭一轉把它給嚇了一跳——那氣味也在那兒！

這氣味很古怪！我花了好幾個小時仔細分析，想找出它聞起來到底像什麼。

氣味並沒有那麼糟——一開始聞的時候，還算溫和，但也算是我聞過最難以捉摸，也持續最久的氣味了。

近來天氣潮溼，這氣味格外難聞，夜裡我醒來的時候，會發現這氣味在身上揮之不去。

一開始這氣味著實困擾我，我甚至曾認真思考要放火把房子燒了——就是要逮到這怪味。

但現在我很習慣了。我唯一想得到的，就是這味道活像是壁紙的**顏色**一樣！一種黃色的氣味。

在這牆上有個好玩的印記，在下方，接近牆腳防水板邊緣。有條線紋劃了這間房一整圈。它穿過除了床架外的每件家具後方，一條狹長筆直、平滑的**漬痕**，像被一再抹搓過一樣。

我不禁好奇這到底是怎麼辦到的，而又是誰幹的，也好奇他們這麼做的原因為何。不斷地迴旋——迴旋——迴旋下去——讓我暈眩！

＊＊＊

我終於發現一些端倪了。

因為晚上我都仔細觀察它的變化，這下終於水落石出了。

前緣的圖案**確實**會移動——這也難怪！躲在後面的女人一直搖撼著它！

有時候我認為有許多女人存在於圖案的後面，有時候又只有一個而已，她快速地四處攀爬，而她的爬行讓這圖案晃動不已。

接著，在非常明亮的位置時，她就保持不動，但在陰暗處，她就緊握柵欄，奮力地搖。

她不時地試著去攀越，但根本沒有人能爬越那圖案——即便能，這圖案也會把人給勒死；我想這就是上面有這麼多人頭的原因了。

她們一穿越，這圖案隨即把她們給絞死，將她們倒掛著，她們眼睛都往上吊，翻白了！

要是那些頭都被遮蓋起來，或被摘下，看起來也許就不會那麼悽慘。

＊＊＊

我想那女人在白天的時候真的爬出來了。

我告訴你為什麼——偷偷地告訴你——因為我見過她了！

我可以看見她爬出我房間的每扇窗戶！

都是同一個女人，我知道，她總是在爬行，一般女人是不會在大白天爬來爬去的。

我看見她在有遮蔭的狹長小路上來回爬動，我也看見她在那些紫紅色葡萄藤涼亭裡，還有在花園裡到處爬行。

我看見她在那條林蔭大道上往前爬行，一有馬車出現，她就躲進黑莓藤蔓下。

我一點也不怪她，畢竟要是大白天爬來爬去被發現了，一定很丟臉！大白天爬行時我都會把門給關上，夜間我就不行到處爬，因為我知道約翰可能馬上會起疑心。

約翰現在也很怪異，我不想去惹他，我真希望他去睡另一間房！除此之外，我也不想要有除了我之外的人，在夜裡把那女人給弄出來。

有時候我在想，我能不能看見她同時爬出所有的窗戶。

但我已經盡量快速轉頭，每次我還是只能看她從一個窗口爬出而已。

我雖然不斷看著她，可是她爬行速度**很有可能**比我轉頭的速度快上許多！

我看過她有時遠走在開闊的鄉間，她迅捷地爬行，就像一朵雲的影子，被風吹著跑遠了。

＊＊＊

要是那上面的圖案能跟下面的分開就好了！我得想辦法把它們一塊一塊地分開來。

我又發現另一件有趣的事情，但我不該在這節骨眼上說出來！太相信別人會壞事。

現在只剩兩天時間能解決掉這壁紙，我相信約翰已經開始留意了，我不喜歡他的眼神。

我聽到他在問珍妮一堆跟我有關的、很專業的問題。這可有得她好好報告一番的。

她說我白天裡猛睡。

儘管我一直都蠻安靜的，但是約翰知道我其實夜裡都沒睡好！

他也問我種種的事情，假裝一副呵護備至的樣子。

彷彿我看不穿他懷什麼鬼胎！

然而他會這麼做，我也不覺得奇怪，畢竟他在這壁紙下睡了三個月。

雖然這壁紙只讓我對它感興趣，但我確信約翰跟珍妮已經受它感染了。

＊＊＊

太棒了！最後一天了，時間也夠我用，約翰會在城裡過夜，今天傍晚前都不會回來。

珍妮想跟我一起睡——這個狡猾的東西！但是我告訴她，這晚我自己一個人睡比較能好好休息。

這樣說真是太聰明了，其實我根本沒有落單！月光出現後，那可憐的小東西就開始爬行，搖動那圖案，我也起身去幫她。

我跟她分工合作，不斷拉扯、搖動，我們趕在清晨之前就將好幾碼的壁紙給扯了下來。

在我頭頂上方，剝掉一條帶狀平面，有半個房間那麼多。

接著陽光就來了，那糟糕透頂的圖案便開始嘲笑我，我發誓今天一定要解決掉它！

我們明天就要走了，而他們會把房間全部的家具又搬到樓下去，恢復原樣。

珍妮驚訝地望著牆壁，但我開心地告訴她，我這麼做純粹是因為討厭這個邪惡的東西。

她笑著說，她不介意由她來做這件事，畢竟我可不能讓自己累著。

她露出馬腳了！

但我在這裡，除了我之外，再沒有任何人可以碰這張壁紙——我是指，**活著的人**。

珍妮試圖想要把我帶離這房間——這太明顯了！但我說，現在這邊安靜、空蕩蕩的又乾淨，相信我能夠再躺下來好好睡上一覺，晚餐也別把我叫醒——要是我醒了，自然會叫她。

她便離開了，僕人們也走了，所有家具都被清空，除了那張被釘死的大床架外，上頭還鋪著我們找到的帆布墊。

我們今晚應該會睡在樓下，然後明天搭船回家。

我挺喜歡這間房，瞧它現在空空蕩蕩的樣子。

當初那些小孩是怎麼破壞這地方的！

這床架可是佈滿被啃咬的牙痕！

但我得回去辦事了。

我已經把門鎖上，也把鑰匙丟到屋前小徑裡了。

我不想出去，也不想要任何人闖進來，除非等到約翰回來。

我想要讓他大吃一驚。

我帶了條繩子上來，就連珍妮也都沒發現。如果那女人果真跑出來，想要逃跑，我可以把她綑住！

但我忘了，要是沒有東西讓我踩著，我根本沒辦法搆得太高。

這張床根本**動不了**！

我試著抬高、挪移床架，直到腳都無力了才罷休。我好生氣，張口咬掉了床的一小角——害我的牙齒受了傷。

我只能站在地板上，扯掉我所能搆到的壁紙，但它卻死命地粘住了，而壁紙上的圖案才開心呢！所有那些被勒住的人頭、凸出的眼球和搖擺

的菌菇紛紛都放聲尖叫，叫聲中充滿嘲笑的意味！

真是氣死人，氣到讓我想跳樓。往窗外這麼一跳顯顯身手倒也不賴，但是上面的欄杆太堅固了，我連試都沒辦法試。

我也根本不會這麼做，當然不會，我很清楚這一步數並不恰當，且可能導致誤解。

我甚至也不想**探**出窗外看看——那兒有許許多多爬行的女人，爬得飛快。

我一直在想，她們是不是跟我一樣都是來自那壁紙？

可是我現在被自己藏好的繩子牢牢綑住了——你別想把**我**弄到馬路上去！

我想我應該在黑夜來臨前爬回那壁紙圖案後面，但是實在很難！

能逃離圖案，來到這大房間裡，還能任意爬行，真是太棒了！

我才不要到外面去呢，就算珍妮要我出去，我也不依。

在外面你就得在地上爬，地上滿是綠色的東西，而非黃色。

但是在這裡的話，我就能在地板上滑順地爬行，我的肩膀也剛好能服貼在牆上那條長長的漬線上面，不至於迷路。

約翰怎麼會在門口！

沒用的，小伙子，你打不開門的！

他狠狠地喊叫、捶打！

他呼叫珍妮拿把斧頭過來。

要是那扇漂亮的門被砸破的話，那還真可惜！

「我親愛的約翰！」我用最輕柔的聲音叫他：「鑰匙在前院階梯上，就在一片車前草的葉子下面！」

我的話讓他安靜了一下子。

接著他說——很安靜地說：「開門啊，親愛的！」

「不行。」我說：「鑰匙在前院階梯上的一片車前草葉子下面！」

接著我又說了一遍，很輕柔緩慢地又說了好幾遍，他不得不信，並且去找，當然他拿到了，一進來，卻馬上在門邊止步。

「到底怎麼了？」他大喊：「天啊！妳在幹嘛？」

我繼續保持爬行的姿態，但越過肩頭，望著他。

「我終於闖出來了——」我說：「雖然有你和珍看著，但我已經把多數壁紙都撕毀了，這下你不能把我塞回去了！」

眼前這男人怎麼就暈了過去？他真的暈倒了，正好在我爬行的路徑上，就在牆邊，於是每次我都得爬過他的身軀！

本文章刊載於 1892 年一月號《新英格蘭雜誌》（*The New England Magazine*）

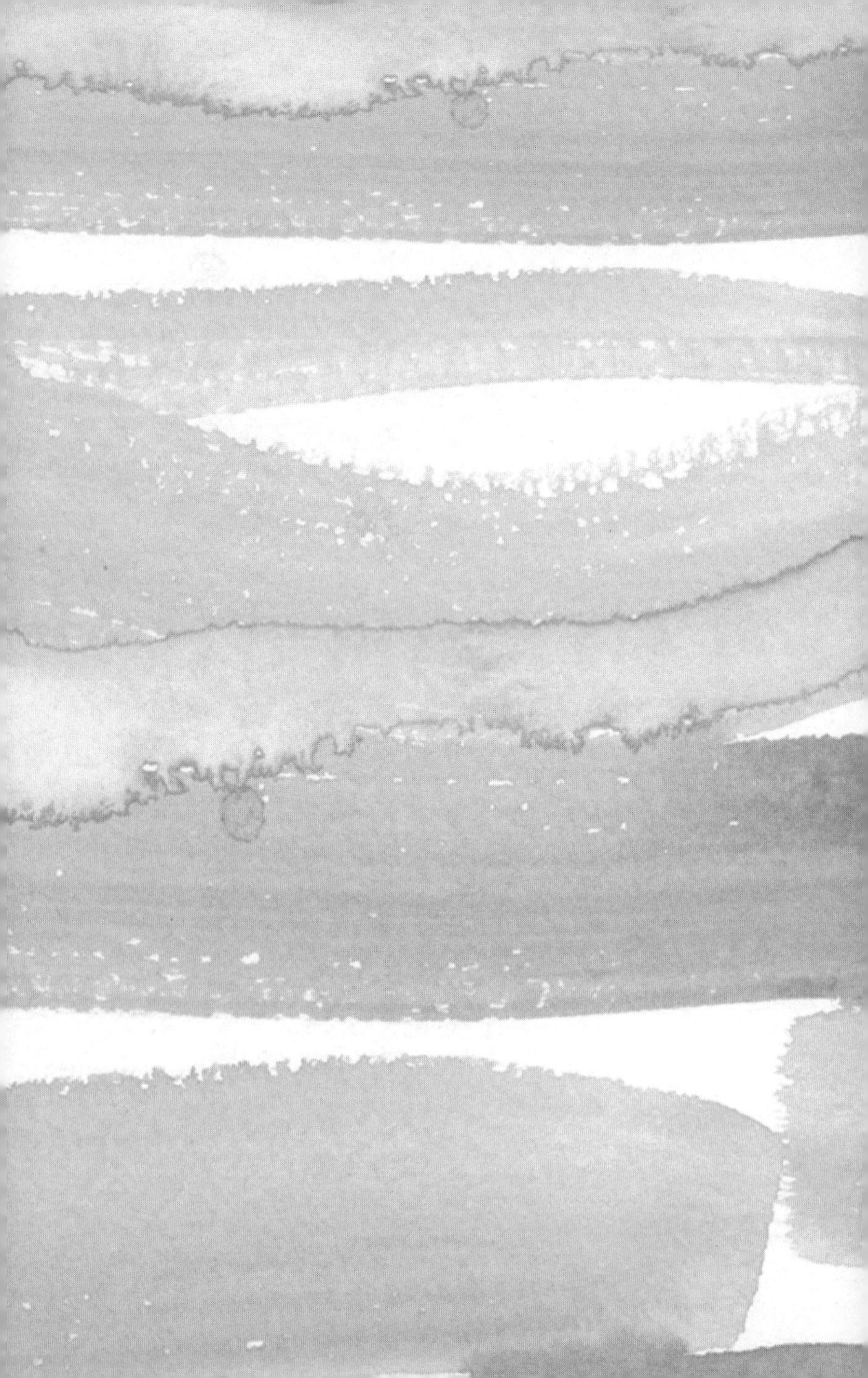

# 三個感恩節

# *Three Thanksgivings*

安祖和珍的來信同時都擱在莫里森太太的膝上，信都讀過了，她正坐著凝視這兩封信，臉上的微笑很複雜，一會兒出現了母親的慈祥，不一會兒又消失了。

「您應該與我一起生活……」安祖寫道：「讓珍的老公來扶養我的母親，這太不應該了，我現在狀況好轉了，您能住在一間舒適的房裡，也該接受妥善的照顧。那棟舊房子要是之後租出去的話，肯定能有一筆足夠的收入供您花用，或是您把它賣掉，我就能投資這筆錢，讓您從中獲得豐厚的利潤。您在那兒寡居也不是辦法，莎莉也老了，容易出狀況，我擔心起您了。感恩節您就和我們一起過——順便就待下來吧。這邊有一些盤纏，我需要您，這您是清楚的，安妮與我一起送上祝福。

安祖」

莫里森太太又把信讀了一遍，帶著沉穩的燦爛笑容將信放下，她

接著讀珍的來信。

「媽，今年感恩節您應該與我們一起過，考慮一下，好嘛！自從寶寶滿三個月大後，您就沒見過他了！您也還沒看過雙胞胎，到時一定認不出他們來——他現在已經是個漂亮的大男孩，喬也一直提到您，希望您能來。媽，怎麼您就是不肯來與我們一起住呢？喬也惦著您，我們樓上那個小房間，儘管不是很大，但我們能幫您擺台富蘭克林暖爐※，讓您生活舒適。喬說他覺得您該把那棟沒用的房子給賣了，讓他把賣掉的錢放進他的店裡，還能支付您不錯的利息哩。媽，我真希望您這麼做，我們都很希望您跟我們一起住，能在未來生活上給我安慰，也能幫我帶寶寶。喬也敬愛您，來吧！跟我們一起生活，這兒有一些旅費——

您親愛的女兒，珍」

莫里森太太把這封信放在另一封的旁邊，雙雙折起，放回各自的

※Franklin stove 富蘭克林暖爐：一種鑄鐵爐，形似壁爐，用金屬擋板以增加熱的效果，由 Benjamin Franklin 所發明，故而得名。

信封裡，接著塞進她那張老式大書桌上那專門安置他們資料、現已塞得滿滿的文件槽裡。她轉身，來回在狹長的起居室中緩步，她高䠷，氣質迷人，身型立挺，步履輕盈，依然帶著不讓鬚眉的俊美。

時序已是十一月，最後一個逗留的寄宿客人也離去很久了，這個寂靜的冬天來到她的眼前。她雖孤單，但身邊還有莎莉，她笑安祖小心翼翼所用的詞彙：「容易出狀況」，他絕不能說「體衰」或「病弱」，因為莎莉是名外貌和往昔無異的黑人女士，而且她活力十足。

儘管莫里森太太孤單，但只要還住在威爾康之家，她就開心。這是她的父親所搭蓋的，她出生於此，也在這裡長大，在前面寬廣的油綠草坪以及後方的花園上，都有她過去嬉戲的身影。這是村子裡最美好的房子，而她也覺得這就是世界上最美好的房子了。

就算隨她父親在華盛頓或是國外住過，也參觀過許多鄉間莊園、城堡、皇宮，她還是覺得威爾康之家很漂亮，令人印象深刻。

假使她繼續接待寄宿客人，就能撐過這個年頭，把利息付完，但是她小額抵押借款的本金還是無法結清。以前孩子們都還在，因此接待寄宿客人是可行且必要的生意，但她其實厭惡這種賺錢的方式。

不過基於她年輕時候在社交圈，以及多年管理教會實務的經驗，讓她得以安穩守著這棟房子。寄宿客人們在長廊上交頭接耳地討論著她，都說莫里森女士有著「非凡的修養」。

現在莎莉開心地忙進忙出，喊著晚餐好了。莫里森太太出來了，走向一張深色的紅木長餐桌桌尾，上頭點著蠟燭，還擺著她大大的銀色茶盤，她樣態端莊，彷彿有二十位領有頭銜的上賓入坐在她面前一般。

之後巴茲先生就來了。他今晚來得早，還是一貫的堅決姿態，又帶有一點不尋常的瀟灑。彼得．巴茲先生是位氣色紅潤的金髮男子，有點粗壯，帶著一身白手起家人士的自負、強硬態度。當莫里森過去是位富千金時，他還是個窮小子，他很清楚——也還拜訪她，要她領悟——他倆的地位現已改變，他亦為此而覺得滿足、快樂。他絕無惡意，他的傲氣是非常坦誠的，也毫無遮掩，他不是個圓融的人。

在她青春年華的時候，他向她求過婚，但她拒絕了，還差點笑了出來。在她先生剛過世沒多久，他再次求婚，她也再次拒絕，這次態度和緩多了。他一直以來都是她的朋友，她丈夫的朋友，一名堅定的教友，他也讓她將房子小額抵押給他，一開始她是不願意的，但他的理由十分直白，也很有說服力。

「德利亞．莫里森，這跟我想要擁有你這件事絕對無關……」他說：「我一直以來都想要得到妳——我也一直想要這棟房子。妳不想賣掉，房子就得抵押，日子久了等妳付不出錢來，我就擁有這棟房了——明白嗎？接下來妳就可能會接受我——因為妳想保有這棟房子。別當傻子啊，德利亞，這絕對是筆好投資。」

她接受了這筆貸款，也支付利息，要是她整輩子都接待寄宿客人的話，她就能付得起利息，但無論提出多少代價，她都不會嫁給彼得．巴茲的。

那天晚上他又提到這個尷尬的話題，滿臉春風，完全沒有喪氣的樣子。「德利亞，妳可能也想過了……」他說：「我們能住在這邊，一切如舊。老實說，妳也不再年輕了，我也一樣，但妳永遠是名好家管——簡直就是好上加好——妳很有歷練啊。」

「你實在是個大好人，巴茲先生。」這名女士如此說：「但我不希望嫁給你。」

「我知道妳不想嫁給我……」他說：「妳已經表態得夠清楚了，妳不想，但我想啊。妳過去選擇嫁給了牧師，雖說他是個好人，但他已經不在了。現在的話，妳還是可以嫁給我啊。」

「我不想再踏入婚姻了，巴茲先生。我不嫁給你，也不會嫁給任何人。」

「是啊是啊，德利亞……」他回話：「以前妳要是再婚，無論嫁給誰都不好看，但現在妳何不點頭呢？孩子們都離家了——妳不能再拿他們當理由來拒絕我了吧。」

「是啊，兩個孩子現在都安定下來了，也過得不錯。」她也同意著。

「妳不想跟他們一起生活吧——誰妳也不願——不是嗎？」他問。

「我比較希望留下來。」她回應。

「沒錯！但妳不能這樣！妳寧可待在這兒，當妳的大人物——但這是行不通的。在我看來，接待這些食客跟幫我理家比起來，又沒好到哪去，妳還是嫁給我比較妥當。」

「巴茲先生，我還是自己管理這棟房子就好。」

「我知道妳可以，但是妳做不來的，我告訴妳。我倒想知道一個像妳這個年紀的女人，還能如何處置這棟大房子——更何況妳還身無分文呢？妳不可能永遠靠母雞生蛋、賣菜度日吧，這樣是不可能償還抵押的錢的。」

莫里森太太帶著殷切的微笑望著他，平靜而含糊地說：「我想我有辦法的。」

「這筆抵押金在感恩節算起的兩年後就到期了，妳清楚吧。」

「清楚——我沒忘記。」

「要是妳現在嫁給我，就免了那兩年利息。反正不管妳嫁不嫁，這房子都是我的——但妳還是能像以前一樣打理它。」

「你真是個大好人，巴茲先生，但我還是得拒絕你，我相信我能付得起利息，而且可能——兩年內——我就能償還本金了，這不是筆大數目。」

「那得看妳是怎麼看待這件事……」他說：「對一個單身女人來說，兩年內要籌到兩千元，這可是筆大數目啊——況且還有利息。」

他還是帶著那股樂觀與堅決的態度離開了，莫里森太太看著他走，她漂亮的眼睛裡有一道灼光，像一條線，在她安適的笑容裡透露出更為堅毅的神色。

接著她便跑去安祖那兒過感恩節，見到母親他開心極了，安妮也是，他們興奮地將她安置在「她的房間」裡，並且告訴母親說，現在開始便可以把這裡當成「家」了。

他們所提供的這個溫馨的家面積約為十二乘十五呎，八呎高，有著兩扇窗，其中一扇能看見淺灰色的護牆隔板，約莫一支帚柄的距離而已，而另一扇窗外能看見幾座圍有籬笆的小庭院，裡頭有幾隻貓、晾衣以及孩童。窗戶下頭有一棵椿樹，是棵雌株，安妮跟她說這棵樹曾開過十分茂盛的花，莫里森太太特別不愛椿樹花的氣味。「十一月不會開花……」她說給自己聽：「謝天謝地！」

安祖的教堂跟他父親的教堂很像，安祖的太太也盡力做好她牧師娘的角色——非常稱職——就連莫里森太太，這位牧師媽媽，也不需要幫上什麼忙。

儘管過去莫里森太太十分樂意幫她先生的忙，但這卻不是她最在意的部分，她喜愛人群，也熱愛打理事情，但對於教義，她不是那麼地堅定。甚至她先生也從不知道她的想法與他有多不同，莫里森太太也從未提過這些不同之處。

安祖家那邊的人都對她很客氣，他們邀她外出，在一旁伺候、看顧她，她的座位被安排在一些年長的紳士淑女之間——她從未如此強烈感受到自己已不復青春。這裡的種種無一能讓她回想到青春年華，所有朝她而來的殷勤都與她的年長有關。安妮會在晚上帶給她熱水袋，小心翼翼地塞進床腳，莫里森太太感謝她，接著就把熱水袋拿了出來——在她上床之前，讓床鋪能進點兒空氣。和寬敞通風的老家大廳相比，這裡對她來說似乎熱了點。

這小餐廳、中央擺著小小蕨紋圓盤的小圓桌、小小的火雞以及小小的切肉刀叉組——她應該會說是扮家家酒用的玩具組合——這些東西都讓她覺得自己像拿反了看戲望遠鏡來看東西一樣。

在安妮的細心與效率之下，莫里森太太根本就沒有機會能派上用場：教堂裡也幫不上，出門到繁忙的小鎮去——儘管繁榮與進步——也是如此，在家裡更是無忙可幫。「就連轉身的空間都不夠！」她對自己說。安妮這個在城市寓所長大的女孩，可能會覺得這間小小的教區牧師寓所已經很富麗堂皇了，但莫里森太太可是在威爾康之家長大的哩。

她待了一週，和顏悅色，也與大家說話往來，對於任何發生的事都很有興趣。

「我覺得你媽媽真是可愛。」安妮對安祖說。

「你的母親是名迷人的女士。」這名首席教友如此說著。

「你年劭的母親真是位活潑的淑女！」漂亮的女高音如此說著。

當莫里森太太宣布她還是決定維持現況，繼續回去待在她的老屋時，安祖傷透了心。「我的好孩子……」她說：「你別放在心上，我真的喜歡和你們待在一起，但我愛我的房子，我能守著它多久就多久。看到你跟安妮生活安適，成天開心待在一塊兒，我實在是很欣慰，真的很感激你。」

「我家大門永遠為您敞開，您隨時可以過來，母親。」安祖說著，但他有點不悅。

莫里森太太像個女孩那樣飛奔回家，迫不及待，儘管莎莉匆忙來應門了，莫里森太太還是用自己的鑰匙打開自己的家門。

兩年的光陰攤在她眼前，她得找出方法來守住自己跟莎莉，還得要付得起兩千元本金及利息給巴茲先生。她掂了掂自己的資產，就是這棟房子——大卻無用。很寬敞——非常寬敞，裝潢豪華。她父親總是奢華地享受生活，畢竟他出生於南方，是名好客的紳士；寢室也都是連間套房——儘管現在被寄宿客人使用過後，多少折損了，但仍為數可觀，也尚能居住。這些寄宿客——她憎恨他們——都來自遠方，是陌生人和闖入者。她仔細地從閣樓走到地窖，再走過前門來到後院圍籬。

花園的用途可多著呢，她熱愛園藝也對此十分熟悉，她反覆思量著。

「這花園呢……」她決定了：「養些母雞，就能夠養我們這兩個女人了，也能支付莎莉的薪水。如果我跟她做一些果凍來賣，應該也可以負擔得起煤球的費用了，至於衣服嘛——我不需要衣服了，衣服都非常耐穿。我有辦法的，我能**過活**——但是兩千塊本金——**還有**利息！」

大閣樓上面有更多的家具，都是她那奢侈的母親年輕時候因為添購了新家具而丟上來的，就這樣堆著。還有椅子——數不完的椅子。威爾康參議員曾邀請大夥兒過來與他的政治夥伴們見面——他們在開闊的雙接客廳中滔滔論述起來，情緒激昂的演講者也都站在臨時做的講台上——這玩意兒現在卻躺在地窖裡——投入的聽眾們或多或少被舒服安置在排列密集的「折椅」上，有時候椅子會摺疊起來，讓那些激動得臉紅脖子粗的訪客席地而坐。

記起這些美好歲月與燦爛的夜晚，她歎了口氣。以前她會偷溜到樓下去——身上還穿著粉紅色家居服——聽眾人口若懸河的演說。年輕時的她最喜歡看到父親演說時肢體的抑揚頓挫，激昂時，雙手都砰然拍響，接著就傳來聽眾一陣如雷的掌聲。

椅子就在這個地方，時常被借去婚喪喜慶的場合，或是在教會活動上使用，多少都已破損，數量也少了一些，但還是為數眾多。她思索該怎麼處理椅子，這些椅子啊——上百張的椅子——肯定賣不到甚麼好價錢的。

她走過專門收藏布織物的房間，裡頭有好多好多用很久的布織品，莎莉總是細心地刷洗這些布飾，就算經過寄宿客人的屢次使用，仍然完好如初：許多的寢具、毛巾、餐巾與桌布。「都能開一間像樣的旅館了——但我**不能**這麼做——**不行**！這個地方也不需要另一間旅館，畢竟連那小小的哈斯金旅社都從沒客滿過，真是可憐。」

跟其他東西相比，儲在瓷器櫃裡的東西損壞的程度比較明顯，這理所當然，但她還是細心盤點，來自熙來攘往的教會接待處的杯子，數也數不清，是裡頭最為可觀的物件，儘管是後來才添購的，也不是極昂貴的杯子，但數量多得驚人。

她條列自己的所有資產後，便坐下來，再仔細地看過一次，思緒清晰且抱持著放手一搏的態度。除了旅館——寄宿家庭——這些點子之外，她再也想不到什麼可行的法子。對了！還有學校！女子學校好了！寄宿學校！學校就能有一些收入，裡頭所需的工作也比較細緻。這原本是個完美的想法，她花了好幾個小時去想，也花了紙筆工夫去籌劃，但她會需要廣告宣傳的資金，也得聘請老師——這些都是除了應盡的義務之外新加的負擔，況且，要把學校建立起來，欸，也需要時間啊。

但巴茲先生——固執無比，他的熱心總是令人感到壓迫——不可能再給莫里森太太時間緩衝的，他就是要逼她下嫁給他，說是為她好——也為他好，她修長美麗的肩線聳了一下，嫁給彼得·巴茲！才不！莫里森太太還是深愛著自己的丈夫，她還希望未來某天還能與他再相見——端看神的旨意——她可不想要到時候還得告訴她老公，她都五十歲了才不得已下嫁給彼得・巴茲。

不如搬去安祖那兒。但是她一想到要跟安祖生活，冷不防一個哆嗦又上來。她把寫滿數字的表單和個人財產列表擱下，優雅地站了起來，在地上踱步。這地方很大，地板像是走不完一樣。她深深思量，想著這城鎮還有鎮上的人們，這周圍的鄉村，以及她所認識的眾多女士——那些她所喜歡的，她們也喜歡她的女士。

據說威爾康參議員未曾與人樹敵，因此有些心懷不軌的無名氏便會嚼舌根，說他根本沒有個性。如今也沒人和他女兒為敵，卻從沒聽說過有人對她慷慨的善意有所責難。在她爸大規模的娛樂事業之下，大家都知道她，也敬佩她。她老公的教會非常受到歡迎，因此她認識了附近的鄉下女士。她很自然地把精神轉移到這些嫁給農夫的女人身上，渴望可以得到她們的陪伴，偶爾也想得到一些刺激跟快樂。與她老公作陪的時間裡，聚集這些女人——教育她們，且讓她們感到開心，成就了她這段時間裡的快樂。

當她踱到那間有著豪華高聳天花板的房間中央時，便旋即止步了。她揚起頭，像一名贏得勝利的女王，她那欣悅的眼神掃過她所摯愛的牆壁——她回到書桌前，振筆疾書，一直忙到深夜。

＊＊＊

現在呢，這小鎮氣氛沸揚了起來，小道消息都傳遠到鄉下去了，女人們帶著寬邊帽在籬笆間就交頭接耳起來，消息也隨著屠夫的推車還有小販的馬車散播到更遠的地方，串門子的女士們在別人房子裡所討論的話題就只有一個而已。

莫里森太太打算讓大家聚聚開心。照這局面看來，她邀請了所有的女士前來，跟芝加哥來的伊莎貝爾．卡特．布萊克太太碰面。就連杭道頓村民都聽過伊莎貝爾太太的盛名，對她除了仰慕的心情之外，還是仰慕。

伊莎貝爾太太為人津津樂道的，便是她為兒童所付出的偉大貢獻

——她為這個國家的學童以及童工的福利奔走，大家也稱讚她能夠用愛跟智慧將自己的六個小孩扶養長大——也讓老公開心地待在家裡，還有還有，她最近完成一部小說，十分受歡迎，每個人都在討論這作品。還有還有，她還是某個地位崇高的義大利裔女伯爵的好姐妹哩。

甚至有一些與莫里森太太私交甚篤——或是自以為與她熟稔——的女士還在謠傳這名女伯爵也會來呢！從來沒人知道德利亞．威爾康不只是伊莎貝爾．卡特的同窗，還是一輩子的摯友，這可是個大話題。

聚會這天到來，貴客臨門，有好幾百位賓客來訪，寬敞的白色大屋讓大家都得以容身。

眾人的期盼果然成真了——女伯爵也來了！大家帶著狂喜與她見面，她也讓大家留下了這輩子難以抹滅的好印象，強烈的回憶隨著多年過去後，總能讓我們更加愉悅，這真是無上的光榮啊——伊莎貝爾．卡特．布萊克與女伯爵一同出席盛會！

有人也注意到莫里森太太與這些來頭不小的女士們相處時，就像個隨和同伴，而為此深受感動，她善待外國嬌客就如同對待自己其他的朋友一般。

她開口說話了，她清楚沉穩的聲音掃過所有的耳語嘈雜，大家都安靜了。

「我們一起去東廂房好嗎？待大家都就座，好心的布萊克女士就會演說給我們聽了，或許她朋友也會——」

大家蜂擁進入，坐在打開的折椅上，略顯膽怯。

接著高貴的布萊克女士便為大家演講，話中充滿力量，也表現了演說的藝術。她的演說也因為她身旁那一位穿著巴黎風格華服的女士，而讓大家留下了鮮明的認同與印象。布萊克女士跟大家分享她所投入的工作，以及各地婦女會如何參與援助這份工作，她告知大家這些婦女會的數量，也將熱忱感染給大家，讓她們知道這些大型聚會啟發了多少好事發生。她更提到婦女會館的數量在每個城市中攀升，會館中有許多的協會能夠互相協助。她氣質迷人、頭頭是道，也十分有趣——身為一名講者，她非常具有吸引力。

她們那裡有婦女會嗎？沒有。

她說只是時候未到罷了，還說現在要成立一個婦女會，並不需要花費很久的時間。

布萊克女士的演說讓大家十分開心也印象深刻，但這次演說的後續效應卻是被女伯爵的演說所深深強化了。

「我呢，本身也是名美國人。」她告訴大家：「出生在這裡，在英國被扶養長大，在義大利出嫁。」她討論婦女會與協會在歐洲的狀況，以及它們完成哪些任務，說得精采極了，大家都聽得津津有味。她說她不久就要返國，這趟回訪出生地的旅程讓她感覺有所成長也更開心，她一定會特別記得這個美麗安靜的小鎮，也相信假使她有機會再回來跟大家碰面，這裡一定已加入了全世界的姊妹淘陣營。「全世界姐妹們的手都因為追求群眾的利益而紛紛牽起。」

這真是個太棒的聚會。

次日，女伯爵便離去了，但布萊克女士留了下來，在某些教堂聚會中演講。如此廣大的聽眾群都愛慕著她，而她所說的建議都是十分受用的。

「你們所需要的是『休憩與生活促進會』。」她說：「妳們都從鄉下來到這裡採買東西——之後就無處可去，累了沒地方歇腳，也沒地方跟朋友碰面，安靜吃頓午餐，弄弄頭髮，妳們只要下點工夫規劃，定期付一些規費，就能讓自己享有一些所需的東西了。」

接著便是一堆問題跟提議，還有一些反對的聲音，場面鬧哄哄的。

那要由誰負責這項任務呢？哪裡有適當的場所？她們總要雇人來打理這些事務吧，這可是每周的工作，肯定要花上一大筆錢。

布萊克女士還是一貫的務實，另外提出建議：「何不把事業跟大家的娛樂結合起來？如果妳們在鎮上有喜歡的地點，何不好好利用？我**覺得**如果去跟莫里森太太談一談，可能她會願意讓大家使用她的房子。畢竟對一個女人家來說，那房子實在是太大了。」

眾多好姐妹圍繞在莫里森太太身邊，她一如往常，以她單純又真誠的態度向大家點頭致意起來。

「我已經反覆思量過了。」她說：「布萊克女士也跟我討論過。我的房子十分寬敞，一定能容得下各位，而我除了招待各位之外，也沒甚麼事業要忙，若大家口中所說的婦女會真的成立了——可供休憩並改善生活品質的話，我家的客廳能提供各種會議形式做為使用，也有很多寢室可供休息，如果婦女會真的運作了，我很樂意提供我這些無用的空間，我很開心能常常見到各位朋友，我想我也能夠提供便宜的環境和設施，費用一定比妳們能夠負擔的價格要來得低。」

接著布萊克太太便給大家一些例證跟數據，讓她們知道像這樣的會館大概需要多少花費——其實人事管理成本並不高的。「大多數女人都不太有錢，這我清楚……」她說：「所以她們有錢的時候，就不喜歡把錢花在自己身上。但若每個人都出點小錢，便能夠積沙成塔。我想我們應該不至於窮到連一禮拜十分錢都擠不出來吧，妳們說呢？這樣的話一百位女士下來，就有十塊了，如果有十塊錢的話，妳能餵飽一百個疲累的女人嗎，莫里森太太？」

莫里森太太笑著回應，表情誠摯。「雞肉鹹派的話可能沒辦法。」

她說：「但我想我能提供茶、咖啡、餅乾還有起司，也能提供一個安靜的地方給大家休息，當然也有閱覽室，還有開會的地方。」

布萊克女士的機智跟口條讓大家都折服了，她讓大家理解，假使大家一同負擔經費來維持威爾康之家的豪華設備，一週只消十分錢，就能享用到老莎莉所煮的茶及咖啡，也有地方碰面、休息、談天、休憩。她建議大家趕快去跟莫里森太太說好，要是她一時熱忱消失了，恢復原本的理智，那可就來不及啦。

伊莎貝爾．卡特．布萊克太太還沒離開杭道頓，大型且積極的婦女會所就成立了，除了文具、郵資費用之外，每個會員均分下來一禮拜只需要付莫里森太太十分錢。這個地方是大家的，並立刻開放給報名的會員使用，還有更多人想使用這個很棒的地方。

數百名會員加入了，每周每一個人會繳交一丁點錢給莫里森太太。雖然是很少的錢，但零星地收，也緩緩地積少成多起來。茶和咖啡都大批購入，餅乾也是大桶裝的，還有起司——這些都不是昂貴的食品。鎮上滿是莫里森太太招來的先前在主日學校的男學生，他們提供最好的服務卻只收成本價。有很多工作得忙，很多事情得照料，莫里森太太的社交手腕與經驗這下也派得上用場了。每逢禮拜六威爾康之家一定是門庭若市，周日莫里森太太便在床上休息，但她喜歡這樣的生活。

一年過去了，雖過得匆忙但有希望，接著莫里森太太便前往珍的家裡去過感恩節。

珍所提供給她的房間和去年安祖提供的差不多，房裡多了更高的一階，也有斜邊的天花板。對於這樣的景象，莫里森太太費盡思量，頭髮都要白了，也只能困惑地按揉著頭部，接著她搖搖頭，有了新的決定。

珍的房子全是嬰兒：小小喬，能到處爬了，對甚麼都有興趣；有一對雙胞胎，還有個新生兒。有個僕人服伺著，累壞了，也氣壞了；還有個小保姆，便宜請來的，甚麼都不會。接著是珍，快樂但疲累，心裡充滿愉悅、焦慮與情感，為她的小孩還有丈夫感到驕傲，她也開心能夠對她的母親敞開心扉。

那時候，珍便叨叨地提到了他們對於莫里森太太的關心與希望，而高䠷優雅的莫里森太太坐著，手裡抱著小寶寶，也試著要抱雙胞胎。她身上穿著保存很好的老式深黑絲綢，但不消一個禮拜，這老式絲綢就毀了。約瑟夫也跟她說了話，他告訴丈母娘他現在狀況好轉了，多麼地需要資金，力邀她前往一起同住，這樣她能幫珍妮一個大忙，也問及那棟房子的事情。

珍的家裡沒有出遊這件事，因為她無法離開小寶寶們，來訪的客人也很少，這一帶小小的郊區滿是這種負擔過重的母親角色，這些媽媽在莫里森太太身上看見迷人的氣質，但莫里森太太對她們的看法，卻都沒說出來，當這週過完，她熱情地向女兒道別，她感到彼此滿足的神情，便笑了。

「再會了，我親愛的孩子們。」她說：「我很開心妳們過得都很快樂，我很感激妳們兩個。」

但她更謝天謝地自己終於能回家了。

巴茲先生這次其實是不需要來催促利息的，但他還是來了。

「妳怎麼會有這筆錢，德利亞？」他盤問：「妳是去詐騙那些婦女會會員嗎？」

「你要求的利息很合理，巴茲先生。比想像中還容易清償。」她這樣回答：「那你清楚在科羅拉多州的平均利息是多少嗎？你知道那邊的婦女是有投票權的哩。」

他沒有表示甚麼個人意見，就這樣走了。原本一石二鳥的詭計也沒有任何進度，只能等待這一年快快過去。

「再過一年，德利亞……」他說：「妳就得束手就擒了。」

「再過一年！」她這樣對自己說，她恢復能量，在這份她選定的工作上好好發揮。

這項事業的財務基礎需求其實不高，但要是管理缺乏技巧的話，就不太可能進展得如此順利。若一年會費每人五元，這些鄉村女士可能就無法負擔，但是一周十分錢，最窮的人也能掏得出來。收款的部分根本不需要擔心，因為這些女士都會把錢帶來，當這些女士進來喝茶的時候，老莎莉便站在收銀處，把蓋好的收銀盒子拿了出來，這樣一來，收錢的時候也不會造成大家的不開心。

每當周六到來，這地方就變得擁擠，茶水桶都擺了出來，杯子的陣列一字排開，隨手可及。女士們接著魚貫進入，每人手上拿了茶點，便留下一角硬幣。這裡真正要費心的工作是要陸續增加會員以及提高出席率，而這好巧不巧就是莫里森太太最擅長的本事。

莫里森太太尊貴而開朗，默默地投入工作，她籌畫事情就像是個天生的政治家，而執行起來就又像個務實的從政者，她把心思都花在工作上，孜孜矻矻。她還將每個社交圈和群組再一一細分，開設小班或小部門，不久她就要在柴房再過去一點的大房間裡設立男孩俱樂部，也開始成立女孩俱樂部、讀書會、研討會，還有一些教會裡沒有舉辦過的——或是很久以前曾經成立過的各式聚會。

如果需要茶、咖啡、餅乾和起司，這邊也都有提供，而大家也都不斷付一點固定費用，放在這小現金盒裡——只花十分錢就能享用這些茶點。這筆收入每週隨著會員上門而來，會員們也因為各種不同的聚會，而固定每週都要光顧。若提到會員數量的話，在前六個月營運結束之前，杭道頓休憩生活館已經累積了五百名仕女會員了。

現在呢，五百乘以十分錢，每周下來的話，一年便能累積兩千六百元，若想拿這筆錢來增建或租賃一間大宅，還要提供給五百名客人椅子、休息室、書刊雜誌、碟盤、侍者服務及最簡單的茶水食物的話似乎有些困難，但是如果你很幸運，本來就有華美的大宅，還有一位經理與一名服務生，這筆錢實在綽綽有餘。

每逢禮拜六莫里森太太就會多聘雇兩位幫手來支援半天，每個人可以拿到五角錢，圖書室裡訂閱的雜誌一年要花上五十元，再花一百元在照明、燃料以及其他雜項之上，她給大夥兒吃尚可接受的簡單食物，每人大概只花四分錢而已。

至於一些附帶的娛樂設施、許多參訪經費、各項必須的開支，她都順利支付了，頭一年結束時，她不但賺到了利息錢，也還有整整一千元淨利。她一臉平靜地檢視這筆錢，整齊疊放在床後面牆壁裡的一個小保險箱裡，連莎莉都不知道放在哪邊呢。

第二季的生意比前季更好，儘管有著一些困難、騷動甚至是一些敵對聲音，但莫里森太太還是成功地完成了第二年的營運。「之後——」她對自己說：「就算她們要迎接大洪水也無所謂了。」

她順利支付了開銷以及利息，也為自己賺了一點錢，這是她生平的第二個一千元。

接著她便寫信給兒子女兒，邀請他們和家人來共度感恩節，驕傲開心地在信末附上這句：「這裡有些盤纏供你們路上花用。」

果真大家都來了，帶著全部的小孩還有兩個奶媽。威爾康之家的空間充足，長紅木餐桌上的食物也是源源不絕，莎莉穿著紅紫色衣服，漂亮極了，輕快地忙進忙出，莫里森太太以女王的優雅姿態劃切著碩大的火雞。

「媽，從妳身上還真看不出來仕女館會員讓妳忙碌的痕跡。」珍妮如此說。

「現在是感恩節啊，她們也都回家了，我希望她們快樂，就跟我對我的家庭一樣感恩。」莫里森太太說。

不一會兒，巴茲先生前來拜訪，莫里森太太帶著尊嚴與沉著氣度，將利息——連同本金交給了他。

巴茲先生露出不願收下的樣子，幾乎帶點憎惡，但他的手卻自動地抓住了那張全新、硬挺挺的藍色支票。

「我還不知道妳有銀行帳戶呢。」他語氣裡帶著不滿，也略帶懷疑。

「噢，有的，這張支票絕對能兌現給你的，巴茲先生。」

「我很想知道妳到底是怎麼拿到這筆錢的，妳經營的那種會館裡面，**怎麼可能**有錢可以敲詐得出來啊。」

「感謝賜教，巴茲先生，您真是最仁慈的人了。」

「我想應該是妳那些重要人物朋友借給妳的，我告訴妳，妳以後也不會太好過的。」

「就這樣吧！巴茲先生，別和錢過意不去，讓我們以朋友名義分手吧。」

接著他們便分道揚鑣了。

本文章刊載於 1909 年十一月號《先驅者》（*The Forerunner*）月刊

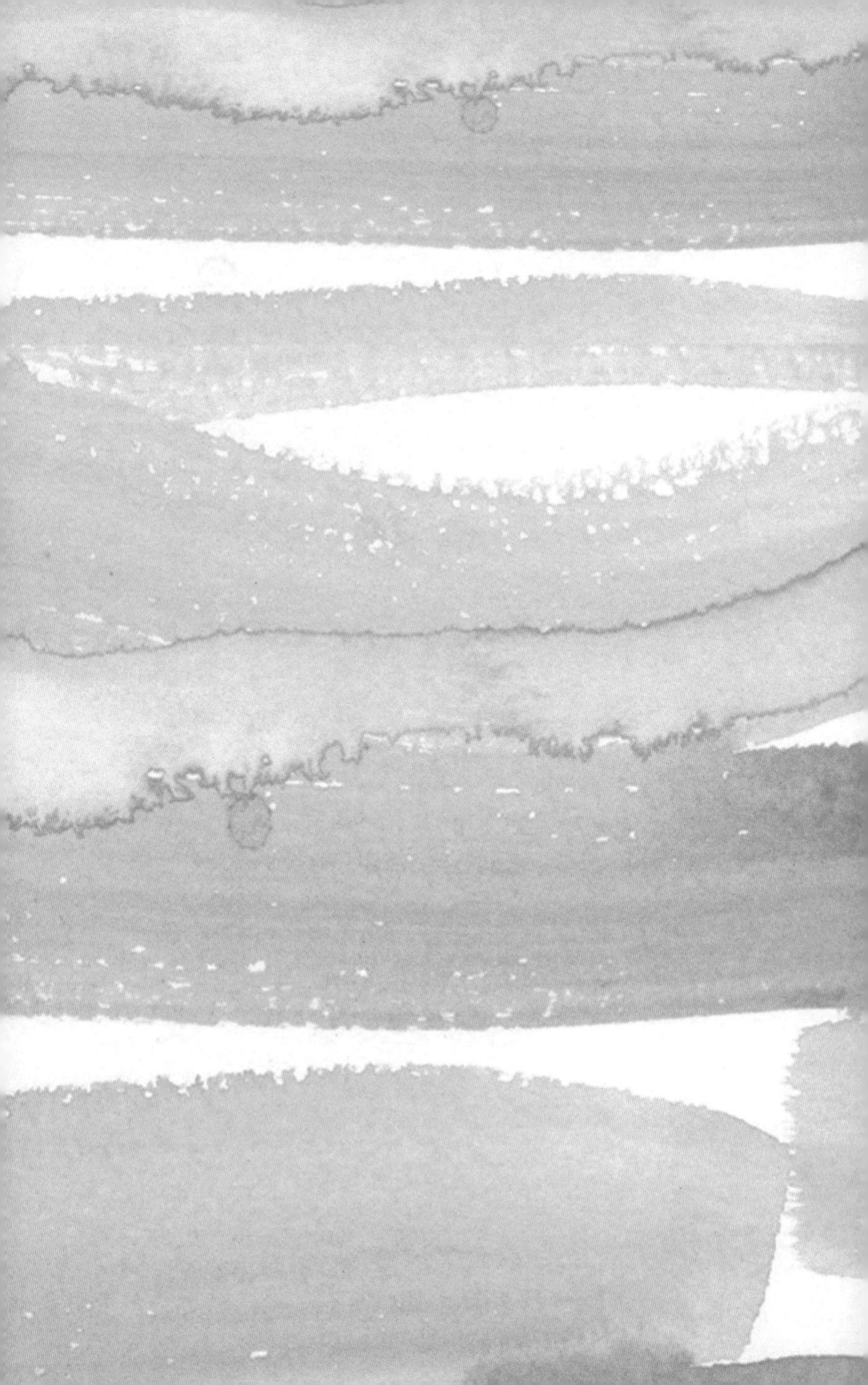

# 小小別墅
# *The Cottagette*

「有何不可？」馬修斯先生說：「說它是一間房子，也未免太小了，說是簡陋的小屋，又太漂亮，說它是小別墅——又太不尋常。」

「總之是間小小別墅。」洛薏絲坐在門廊上的椅子，說道：「但它實際的大小比看起來還大上許多啊，馬修斯先生。馬爾妲，那妳呢，妳覺得如何？」

我感到很滿意，不僅僅是「滿意」而已。還沒上漆的木造骨架從樹底下探出頭來。放眼望去，除了遠處農場上點綴的小白點，還有河谷裡蜿蜒的小村落之外，就只有這棟小屋子而已，不偏不倚地座落在草坪上——旁邊沒有道路，甚至連條小徑都沒有，小房子後面的窗戶被大片蔭林遮蔽著。

「那用餐該怎麼辦呢？」洛薏絲問道。

「走路的話，不用兩分鐘就到了。」他向她擔保，並指出一條秘密的小徑給我們看，就在樹林間，能通到提供餐點的地方。

我們議論著，檢查四周，也大聲吆喝，洛薏絲把她的綢裙拉近身邊——她大可不用這麼小心翼翼，上頭根本就沒有沾到甚麼泥土——目前就決定挑上這間小別墅了。

一直到那個幸運的夏天，待在高苑，我才感受過真正的快樂及生活的寧靜。它位於山區，很容易到達，但當你置身其中，卻又會感覺到它帶有奇妙的寬廣，遺世獨立。

高苑的構建想法是來自於一名行事古怪的女人，叫做卡斯威爾，是名音樂狂熱者。她擁有一間暑期音樂學校，以及「比較高尚的想法」，那些沒辦法進去高苑的人，便心存惡意，把這個地方叫成「高音C」※。

我熱愛音樂，不論想法好壞都放在心裡，但我對於「小小別墅」的喜愛卻是不加保留的。我愛它的精巧、新穎、乾淨，只聞得到剛刨好的木板味道——他們還沒來得及把這地方弄髒。

在這精巧的小屋子裡，有一間大房間以及兩間小房，從外面看來，你根本就不會相信裡面還有房間，只因它看起來實在太小了；小歸小，裡頭卻有奇蹟——一間名符其實的浴室，還有水管接來山泉水。窗戶打

※High Court 高苑，由於那位行事古怪的女人是個音樂狂熱者，所以此處被諧稱「High C」，即樂譜裡的高音 C。

開便是蔭綠色與舒服的木褐色，還有禽鳥築居、繁花點點的靜謐樹林。在屋子前方，我們能望遍整個鄉村景緻——越過一條遙遠的河——就能看到鄰近的州，若再遠遠往下望去——彷彿會覺得自己就站在某種東西——十分巨大的東西——的頂端。

綠草爬上了門階，拂著外牆——當然不單單只有綠草而已，還有我從沒看過如此鋪展羅列開來的茂盛花卉。

若你要抵達底下那條能連接到城鎮的路上，你就得穿過這草地，還得走上一段路，在草叢間踩出一條淺淺的路徑。但樹林裡有一條小徑，乾淨寬敞，能通到用餐的地方。

與我們一起用餐的是一些具有深度思維的音樂家或是頂尖的音樂思想家，地點在附近，那是他們的寄宿食堂※，但他們不叫它寄宿食堂，這聽起來既不高級也沒有音樂氣質，他們管它叫「荷包花屋」。那兒確實有許多的荷包花開著，我一點都不在意他們怎麼命名這個地方，只要東西好吃價格合理就好了——食物的確是美味，價錢也公道。

這邊的人都有趣極了——至少其中一些人是如此。總的來說，大家

※boarding house：提供膳食的寄宿處、宿舍或公寓。

的水準都在夏日寄宿客人之上。

就算沒甚麼有趣的人也無妨，至少還有福特．馬修斯，他在報社工作，應該說以前在報社工作，之後就成了一些雜誌的寫手，與書為伍。

他在高苑交到了一些朋友——他也愛音樂——他喜歡那個地方——也喜歡我們。洛薏絲對他有好感，這一點都不奇怪，我也是如此。

他以前會在傍晚時出現，坐在門廊聊天。

現在他白天時候也會過來，與我們促膝長談，他在離我們住處不遠的一個很引人入勝的小山洞裡搭蓋了一個工作室——這鄉間充滿許多突岩與洞穴——有時候他會邀請我們過去喝下午茶，升起吉普賽人那樣的篝火。

洛薏絲年紀比我大很多，但一點也不老，再十年也看不出她三十五歲的樣子。我從不責怪她不提自己年紀這件事，畢竟我自己無論如何也絕對不會這樣做。我跟她聯手打造了一個安適的家庭，她彈得一手琴，在我們的大房間裡有一台鋼琴，在其他小屋子裡面也有鋼琴——不過隔得太遠，一點風吹草動都聽不到。但要是風向對了，就能常常聽到陣陣樂音飄送過來，但多數時間並沒有風——很幸運的，我們周邊很安靜。荷包花屋也只要兩分鐘就走得到——就算得穿著雨衣跟橡皮雨鞋，我們一點都不在意。

我們常看到福特，我對他越來越有興趣，我控制不了自己。他是個大男人，不是指在身形上面的壯碩，而是他有遠見與能力——很有企圖也有實力。他就要完成一些大事，我以為他已經著手在做了，但他沒有——這一切就像在冰壁上鑿出台階一樣，他說。應該完成，卻需要走上很遠一段路。他竟對我的工作產生興趣，對一個文學人來說，這實在是太不尋常了。

我的工作不過就是做一些刺繡跟圖案設計而已。

這是很細緻的工作！我喜歡從我身邊的事物、花草來下手，有時候處理得很制式，有時候也依原樣將它們織繪下來——用軟絲線縫繡作畫。

目前所提及的都是我日常所需的漂亮小物而已，當然不僅於此，還有些美妙的大事，足夠讓人勇敢，且能讓人做出這些美麗的勞作。

在這邊，我跟朋友一起快樂地生活，這裡是充滿陽光與樹蔭的仙境樂園，我們的視界寬敞無邊，小小別墅裡也很高雅舒適，我們不需去想日常的瑣事，直到日本銅鑼響起，輕柔的音樂震顫從樹林間傳來，我們才快步走去荷包花屋。

我想，洛蕙絲早在我之前就感受到了。

我們是多年好友，也信賴彼此，她過去早有過經驗了。

「馬爾妲……」她說：「我們就開門見山吧，理智一點。」我對洛蕙絲感到不解的地方就是她既能如此理智，卻又富有音樂性格——但她過去就是如此，這就是我喜歡她的其中一個原因。

「妳漸漸喜歡上福特．馬修斯了——妳知道嗎？」

我回答沒錯，我想我是喜歡上他。

「那他愛妳嗎？」

這我就沒把握了。「說這還太早……」我這麼跟她說：「他是個男人，大概三十歲了，見過世面，也可能談過戀愛了——我跟他之間應該只是友誼罷了。」

「妳覺得這會是美滿的婚姻嗎？」她問。我跟洛蕙絲常討論到愛情跟婚姻，她會協助我形塑對愛情婚姻的看法，她自己的看法則是十分清楚、堅定。

「他也愛我的話，那就是美滿的婚姻。」我說：「他跟我提過他家裡的很多事情，他們家人在西部農墾，是善良的道地美國人，他本身也強壯健康——從他的眉目口鼻你就能知道他的生活很俐落乾淨。」福特的眼睛清澈得就像是少女的雙眸一樣，眼白明晰，只要你仔細去看多數男人的眼睛，你會發現他們的並不像福特這樣。這些男人可能會深情款款地望著你，但如果你單純觀看他們的眼睛特徵，就會發現不怎麼好看。

我喜歡他的樣子，但我更喜歡他這個人。

於是我便告訴她，就目前來看，我覺得這會是段好姻緣——假如有機會的話。

「那妳自己愛他有多深？」她問。

這我實在說不上來——我很愛他——但應該不至於到沒有他就會走上絕路的地步。

「那妳會愛他愛到想要贏得他的心嗎——妳會真正為了這個目的，

付出自己嗎？」

「嗯——會的——我想我會，如果是出於自願的話，那妳想說的是甚麼？」

接著洛薏絲便把她的想法一五一十地攤了出來，她曾經結過婚——在她年輕的時候，那是一段不快樂的婚姻，但一切已是過眼雲煙，在好幾年前落幕了。很久之前她便說過，她一點都不在意這些痛苦與失落，因為這段婚姻確實給她一些經驗，她又重獲自己娘家的名姓——以及自由。因為她很關愛我，所以她想要讓我知道這些經驗教訓——不讓我受到傷害。

「男人都愛音樂——」洛薏絲說：「他們喜歡機智的對談，當然也喜歡美的事物，諸如此類——」

「那他們應該很喜歡妳才對！」我打岔，而且事實上確是如此。我認識一些人都想要娶她，但她說：「一次就夠了。」我也不認為這些男士會帶來「美滿的婚姻」。

「別傻呼呼了，孩子。」洛薏絲說：「我是認真的。最終男人在乎的還是女人的順服，雖然他們能輕易愛上一個人，但他們真正想娶的是個能幫他打理家庭的人。現在我們住在這邊，過著像這樣愜意閑散的生活，這種氣氛下是很容易談起戀愛的。但要說到結婚，可能就不太有魅力了。假如我是妳——假如我真的愛他，也希望嫁給他的話，我會在這邊打造一個家。」

「打造一個家？——為什麼要**是**個家呢。在其他地方，我從未如此快樂過，妳到底想說些甚麼，洛蕙絲？」

「我就這樣說吧，住在汽球上的人，看似快樂，無憂無慮——」她說：「但這畢竟不是個家。馬修斯每次都來，跟我們坐著聊天，安靜溫柔的氣氛，這很讓人著迷——接著我們就聽到荷包花屋傳來的鑼聲，我們涉行穿越潮濕的樹林——但是愛情的迷咒就此破散了。現在只要妳肯下廚就好了。」我懂廚藝，而且我煮得很棒，我敬愛的媽媽可是名嚴師，她以前就教過我各種廚藝——現在稱為「家居科學」——派別的技藝。只要不耽誤我做其他的事情就行。不過雙手一旦從事烹飪或洗滌碗盤，就沒辦法好好保養了——而我的刺繡工作需要一雙巧手。不過問題來了，我可能因此贏得福特．馬修斯的歡心——

洛蕙絲娓娓道來：「卡斯威爾小姐馬上就要幫我們安裝一個廚房了，她說她會做到，妳知道的，只要我們買下這小別墅，很多人都在這邊買房——如果我們想這樣做，當然也行。」

「但這不是我們想要的啊。」我說：「我們從未這樣想過。這個地方的美好就在於這裡從不需要任何的家管打理，一如妳所說的，在雨夜裡，這裡也能很舒適，我們能吃到美味的小晚餐，把他留住——」

「他告訴我，自從十八歲後他就不清楚甚麼是家的感覺了。」洛蕙絲說。

就這樣，我們就在小小別墅裝了一個廚房，男士們花幾天就弄好，就是一個單坡簷屋加一扇窗，一個洗水槽加兩扇門。我真的做起菜來，我們也吃得不錯，特別是新鮮的牛奶和蔬菜，水果在鄉下很難買到，肉也是，但我們還是設法弄到了。手邊的東西越少，要費的心思可就越多——說穿了還是時間跟心思的問題罷了。

洛蕙絲喜歡做家事，但是她練琴的手會因此受糟蹋，她便不碰家事了。而我呢，反而十分願意去做——這根本就是我的初衷。福特相當喜歡我的廚藝，他常來訪，吃得津津有味。我相當高興，儘管下廚這件事確實大大干擾了我的工作。早上工作的感覺最棒，可是家事也必須在早上就做好，你會很驚訝這小小的廚房竟需要這麼多的工夫。你進去一分鐘，就會知道林林總總的東西都得一一就緒，在你還沒意會過來的時候，一分鐘已經變成一小時了。

當我才準備要坐下來，晨間的清新感受便不知怎麼就消失得無影無蹤。以前，只要我醒來，就會聞到房子乾淨的木頭氣味，接著就是室外傳來的香氣；如今我一醒來就受到廚房的召喚了，不管在屋裡還屋內，都會聞到爐灶散發出的些許味道，還有肥皂，還有——要是你在寢室煮東西，你就知道房間會有甚麼變化了。我們的房子過去就只有寢室跟客廳而已。

我們也烘焙麵包——外面店家烤的麵包實在難以入口，所以福特很喜歡我烤的全麥、黑麵包、熱呼呼的內餡捲以及小麵包。能餵飽他是種幸福，不僅讓這棟房子熱絡起來，也著實讓我感到很熱。在烘焙的日子裡，我的工作都沒有進展。而當我著手工作了，大夥便紛紛送來東西——牛奶、肉、蔬菜，或是小朋友會帶著莓果來，可最讓我感到煩心的是留在草地上的車輪軌跡，都快變成一條路了——這些軌跡理應存在，但我實在是厭惡這樣子——我已經忘掉那種待在高處邊緣然後瞭望四方的快樂感受了——我們的房子就像是一顆珠子，跟其他房子一樣，都串在一條線上。不過我深愛這個男人，這是不爭的事實，而且我願意奉獻更多來讓他開心。我們現在也不能像往常一樣自在地去遠足了。想要準備餐點的時候，總要有個人在場，大家送貨進來的時候，才能招呼他們，有時候是洛薏絲留下來，她總是自願留下，但多半時候是我留下來，我絕不可能讓她因為我的緣故，而把她自己美好的夏日時光給糟蹋了。福特確實喜歡著這一切。

他很常來訪，洛薏絲便說，她覺得如果我們能有位更年長的人一起共度，那會更棒，如果我希望她母親來的話，她便會前來，也能幫忙。聽起來還不錯，於是她母親便來了。我並沒有非常喜歡洛薏絲的媽媽——福樂太太，但稍稍明顯的是馬修斯先生常在我們這邊用餐，而比較少去荷包花屋了。當然一起用餐的還有其他人，很多人會順道拜訪，但我並不希望他們如此，這會增加我的工作量。他們會進來用餐，接著我們的夜晚便充滿了樂音，他們某些人也會說要幫忙洗碟子，但沒進過廚房的生手幫不上太多忙，我寧願自己來做，這樣我還知道盤子到底擺在哪。

福樂太太來了，洛薏絲理所當然就跟她住在同一間——她真的做了很多家事，是個非常務實的老太太。

房子就此喧鬧了起來，我感覺，聽到另一個人的聲音，比聽到自己聲音的頻率還多上許多——牆壁也只是木板而已。她掃地掃得比我們還勤，我不覺得這樣乾淨的地方需要一直掃地。她一直在撢灰塵，我也覺得沒這個必要。烹飪多半還是由我來做，但我已能抽身來畫圖、去戶外活動、散散步。福特不斷地進出房子，這讓我覺得他似乎越來越貼近我了。這個夏天，一直有人來打亂工作，充滿了噪音、汙垢、氣味，還得不斷思考下一頓要吃甚麼——這種夏天怎麼能跟一輩子的真愛相比？另外——要是他娶了我——我就得一直得這樣做下去，也很可能就此習慣了。

洛薏絲也一直讓我感到欣喜，她告訴我福特如何稱讚我的廚藝。「他真的很欣賞妳的手藝。」她說。

有一天他早早就過來了，邀我跟他一起去爬休斯峰，沿途風景很漂亮，也會花上一天的時間。我猶豫了一下，因為是禮拜一，福樂太太覺得雇一個女生來幫忙洗衣會比較省錢，於是我們就照辦了，可是這樣反倒增添了很多工作。

「不打緊。」他說：「管它甚麼洗衣日、燙衣日，還是甚麼愚蠢老把戲？今天是散心日——沒錯。」天氣真的很涼爽，空氣甜美清新——前晚下過雨了——天地美好，如洗淨過一般。

「走吧！」他說，「我想我們還能遠眺到帕契山呢，再不會有這麼棒的日子了。」

「還有其他人會去嗎？」我問道。

「連個鬼影都沒有，就只有我們兩個，來吧。」

我開心地跟去了，但臨行前我提議——「等等，讓我去準備一下午餐。」

「我只會等妳換上步鞋跟短裙。」他說：「午餐都在我背上的籃子裡了，我知道妳們女人家要『準備』三明治和一些吃的都要花上好多工夫。」

不到十分鐘後我們便啟程了，步伐輕盈，相處融洽：這真是個不可多得的好日子。他也帶了很棒的午餐，都是他自己親手做的，我得承認這比我自己做得還要好吃，但也有可能是因為這樣子的爬山才讓我胃口大開。

爬到我們幾乎都累癱了，我們便在一口泉水旁的大片岩板上歇腳，吃了點晚餐，他煮起茶來——他喜歡在戶外這麼做，我們看見渾圓的太陽在天幕的一端沉落，也在另一端看見一輪明月，彼此互相寧靜輝映著。

接著他便向我求婚了。

我們都感到很開心。

「但有個條件！」他奪口而出，身子坐挺起來，目色凝重：「妳就別再下廚了！」

「甚麼！」我說：「別再下廚了？」

「是啊！」他說：「妳就別再煮了——就算為我好。」

我傻傻瞪著他。

「是啊，我清楚地很——」他繼續說：「洛薏絲告訴我了，我和洛薏絲常碰面——自從妳開始下廚之後。由於我總會提到妳，自然而然就更瞭解妳了。她向我提起妳的成長歷程，以及妳對家管工作的強烈熱忱——但是老天還賜給妳藝術家的靈魂啊，可愛的小姑娘，妳還有其他能力的！」他接著詭異地笑了起來，喃喃地說：「都讓鳥發現了才撒網，是註定會失敗的。※」

「我整個暑假一直都在觀察妳，親愛的……」他繼續：「那不是妳。」

「東西好吃是無庸置疑——但我煮的也不錯啊！我自己也有好廚藝，我父親過去是廚師，做了好幾年——他的薪資很優渥，我已經很習慣下廚了啊，妳該看得出來。」

「有個夏天我很拮据，便當起廚師維生——非但沒餓死，還存了一

※Proverbs1:17 Surely in vain the net is spread in the sight of any bird. 箴言 1:17 在飛鳥眼前張設網羅，是徒勞無功的。意指福特早已看穿馬爾妲做家事是為了做給他看。

些錢。」

「噢！」我驚歎：「難怪你會煮茶——還有午餐！」

「我會的還多著呢。」他說：「不過自從妳開始在廚房忙碌之後，我就很少看妳做那些細緻的手工了——親愛的，請諒解我這麼說——這樣下去不是好辦法，妳的手藝這麼好，放棄實在太可惜，這是多麼細緻獨特的技藝啊，我不希望妳就這樣放手。換成是我，如果因為區區想當個收入優渥的廚師，而就這樣放棄掉我辛苦多年的寫作生涯，妳會怎麼想呢？」

我還是很開心，但我沒辦法清楚思考了，我只是坐著凝望著他。「但你還是想娶我？」我說。

「我想娶妳啊，馬爾妲——因為我愛妳——因為妳年輕體健又漂亮——因為妳的奔放、甜美——以及妳身上的香氣，還有——讓人難以掌握的氣質，你就像是妳自己深愛的野花一樣。因為妳獨樹一幟的藝術特質，妳發現美，也分享給他人。這些都是我愛妳的理由，也因為妳很理性，氣質出眾，也懂得社交——儘管妳還會煮飯！」

「那——你覺得我們會過著怎樣的生活呢？」

「就像——我們一開始生活這樣啊。」他說：「這裡很平和、靜謐，也有純粹的美，有乾淨的木材氣味，叢花、香氛，還有從野地吹襲而來的風，充滿甜氣，還有妳——纖美的妳，穿戴美麗，妳白晰柔韌的手指織就著妳細緻的女紅。我就愛妳這樣。不過當妳跑去下廚，我就心煩了，我當過廚師，我知道那是甚麼感受，我很不願見到我的花就此杵在廚房裡頭。然後洛薏絲跟我提起妳的廚藝怎麼被訓練起來的，也說妳熱愛著下廚，於是我就告訴自己：『我愛這個女人；我也等著看自己的反應，就算她是名廚娘，我是不是還依然愛她。』是啊我是，親愛的：我收回我剛剛說的那個條件，不管如何，我還是愛妳，就算妳堅持要為我下廚一輩子！」

「噢不，我才不堅持呢！」我大喊了出來：「我不想下廚——我想畫畫啊！但我覺得——洛薏絲說過——她真是把你給想錯了！」

「我親愛的，她說的道理不一定就是對啊。」他說：「甚麼要得到男人的心就得先抓住他的胃；這並不是唯一的方法，洛薏絲還年輕，不是甚麼都懂！還是看在我的份上，不要下廚了，好嗎，親愛的？」

可以嗎？我可以嗎？真有像他這樣的男人嗎？

本文章刊載於 1910 年八月號《先驅者》（*The Forerunner*）月刊

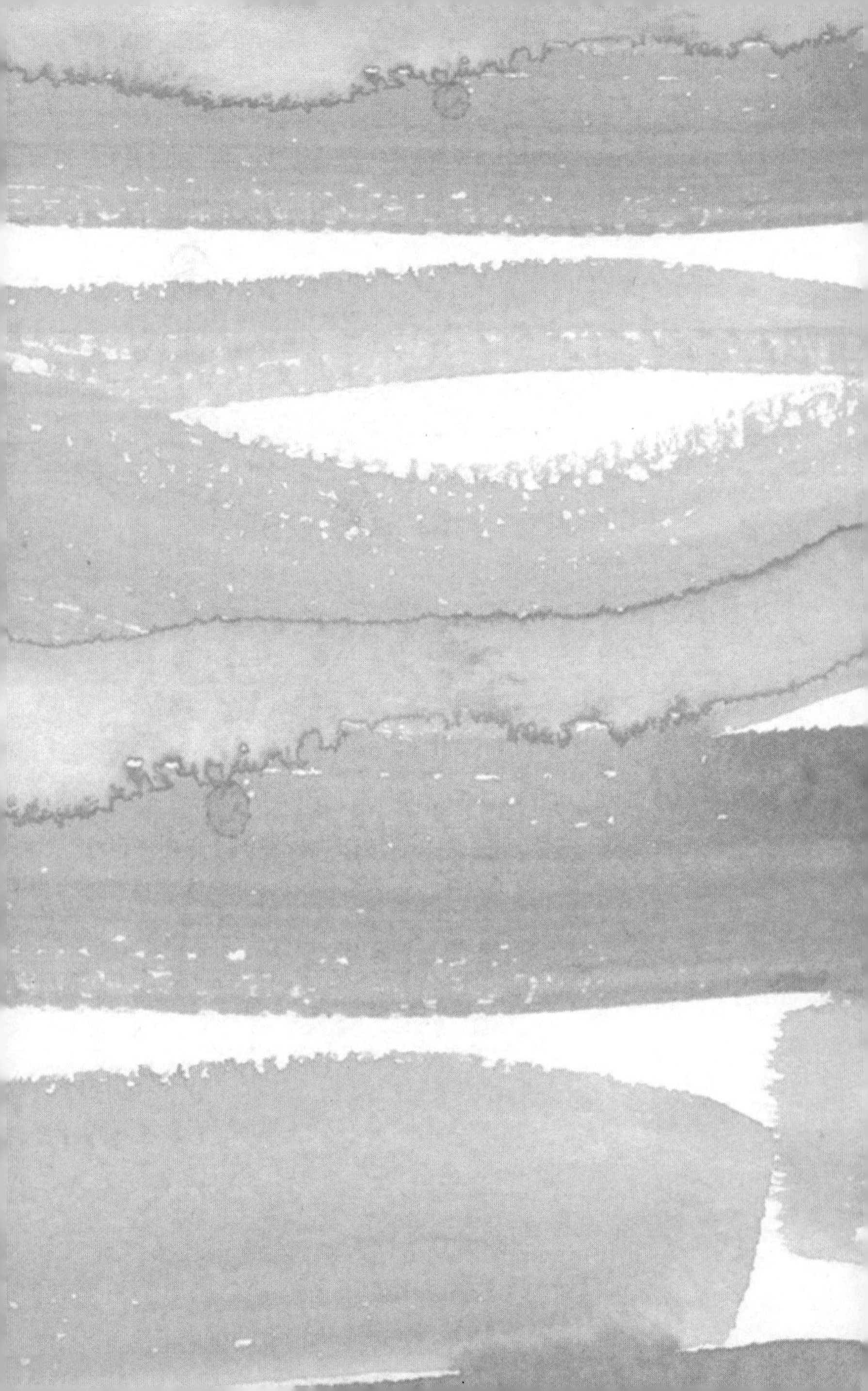

# 轉

*Turned*

馬龍納太太的房間佈置華麗，地上鋪著柔軟的地毯，窗簾厚重奢華，裡頭還有一張寬敞的軟床，而她躺在上頭啜泣。

她哭得心碎欲絕，哭到噎住氣了，她的肩膀抽搐著，雙手緊握，她哭到忘記自己身上隆重的衣裳，也管不了這漂亮的床單了，她忘了尊嚴，忘了自我控制，也忘了自信，現在她腦海裡只有一股強烈、讓人難以置信的恐懼感，那是一種無法測度的失落，也是十分混亂激動的情緒。

她生長於波士頓，生活拘謹優越，她作夢也沒想到她會一下子遇上這麼多風波，被這樣狠狠地糟蹋。

她試著要把情緒好好緩和下來，好好整理思緒，好把波動的情緒穩住，轉化成字句，試著去控制自己——但她還是沒辦法。這讓她隱約想起以前在約克海灘遭遇到可怕的一幕，當時的她困在碎浪裡感到十分難受。那個夏天，她還是個女孩，游入水裡卻無法回到水面上來。

***

葛妲·皮特森的頂樓房間相當簡陋寒酸，沒有地毯，窗簾也薄透得可以，裡頭有張窄窄的硬床，而她就躺在上頭哭泣。

她的身材跟她的女主人相比起來大上許多，體型魁梧；但她那充滿自信的青春嬌氣都垂喪下來了，憤恨地抽搐著。她把自己淹沒在淚海裡，一點都不想控制自己的情緒，她的眼淚是為兩個人而流的。

***

要是有另一段更長久——更深沉的愛戀在毀滅了之後，使得馬龍納太太更加受傷；要是她以前眼光再好一些，把愛戀對象設定得高遠一點；要是她心裡承受著妒火跟忿恨所帶來的痛苦，那麼葛妲理當感到羞愧，她得概括承受這一切，包括她自己無望的未來，以及令人感到壓迫的此時此刻——無來由的畏懼感，將她掩埋。

她年輕溫順，宛如一名女神翩然來到這棟井然有序的房子。儘管她個性堅強，貌美，充滿善意且十分馴良，她還是個無知幼稚的女孩——才十八歲。

很明顯地馬龍納先生很喜歡她，他太太也是。他們倆討論著她標緻的外表，也喜歡她坦率地呈現出自己的短處。馬龍納太太並不是個善妒的女人，這輩子還未妒火中燒過——直到現在。

葛妲長住下來，也知道他們生活的方式了。她很討夫妻倆的歡喜，連廚師也很喜歡她，她就是我們口中所形容的「上進」，特別地受教，可塑性也很高，馬龍納太太年輕時候就習慣給人指點，因此便試著教育她。

「我從未見過個性這麼溫順的人。」馬龍納太太經常如此評論著：「她的本性很適合當個僕侍，但也是個缺點，她會手足無措，也藏不住話。」

沒錯，她就是這樣，是個高䠷娃兒，臉頰緋紅，身上缺乏十足的女人味，舉手投足間滿是無辜的稚氣，結辮的金髮如同寶藏，她雙眼帶著

藍色，健美的肩膀，修長緊緻的四肢讓她看起來活像是個土象屬性的精靈。其實她不過就是個無知的孩子，還帶著尚未涉世的稚氣。

當馬龍納先生的公司派遣他出國出差，他很不願意，因為不想離開他的太太，他跟她說，還好有葛妲打理，這樣他就放心多了——葛妲會好好照顧她。

「好好照顧太太啊，葛妲。」他那天早餐時將這些話交代給這女孩：「我就把她留給妳照顧了，我最晚一個月後才會回來。」

他接著微笑著，面朝他的妻子。「妳也要好好善待葛妲啊。」他這麼說：「在我回來後，我希望妳已準備好要讓她上大學了。」

這已經是七個月前發生的事情了，他談的生意耽擱了他回來的期程，一週接一週地過去，一月又一月過去，他常常寫信給他太太，都寫得很多，也充滿愛意，對於這次工作延誤了歸期，他深深感到遺憾，也娓娓闡釋這筆生意必須談定，能帶來很多的利潤，信中也希望她能為自己無虞的生活感到開心，他欣賞她那既充實且均衡的性靈，以及她廣泛的生活興趣。

「若有一天，我會因為票券上印著的上帝旨意而不得不從妳的生命計畫中消失，我想妳也不會一蹶不振的。」他說：「我反而覺得很欣慰呢，只因妳的生活是這麼的豐富、寬廣，因此生活上的一點缺失是不可能擊垮妳的，即便很大的損失也是，但是這種事情是不太可能會發生的。三個禮拜之後我就要回去了——如果這邊的事情都辦妥了。回去之後還是能看到妳漂亮的樣子，殷切的雙眼裡頭有我熟悉不過的神色，不時在轉換著——我是多麼喜歡妳的眼神啊！噢我親愛的太太！我們應該去渡個蜜月——每個月份都有新的月亮到來，甜蜜的蜜月也應是如此吧。」

他時常問起「小葛妲」，有時候會隨信附張相片明信片給她，上頭消遣著他太太是怎麼費心教導這個「小朋友」的，誰叫她個性開朗又聰慧，多麼惹人疼愛——

這些過往正一幕幕快速地在馬龍納太太的腦海中閃過，她躺在花綴寬邊的細緻亞麻床單，一手揪著壓皺了的床單一角，而另一隻手裡握著淚水浸濕的手帕。

她過去在生活上指點過葛妲，也漸漸對這名耐心學習、天性善良的孩子產生好感，儘管她還是有她的拙性。在工作的時候手腳精明，動作卻不夠快速，每個禮拜下來也能記些簡單的帳，但對於擁有博士學位、還擔任過學院教職的這位女士來說，這簡直就是小兒科。

可能是因為沒有小孩，她才會更珍愛這個亭亭玉立的女孩，儘管她們之間年紀的差距僅有十五歲。

對這個女孩來說，她看來確實是年長許多；這女孩年輕的心靈滿是感激之情，她感謝這個家對她耐心的照護，讓她能因此感到賓至如歸。

不久後她從這女孩的臉色發現了一絲詭異，她看來緊張焦慮又擔憂。門鈴一響，她似乎就驚慌失措起來，飛奔到門口。過去在她跟那些充滿愛慕的商販談話之際，還能聽到她直率宏亮的笑聲，但現在已不復聽見了。

馬龍納太太花了很多工夫在她身上，要她跟男人應對的時候能夠拘謹一點，也安慰自己說，她的勸戒終究是奏效了。她猜想這女孩是因為想家才這樣，但被她否認了。她以為女孩生病了，也遭到否認，她最後有了一個讓這女孩無法否認的猜想。

有好一段時間她都不願去相信這個猜想的正確性，於是懸著等著，接著她不得不相信了，但還是要求自己能夠以耐心來理解這件事情。「這可憐的小女孩……」她說：「她在這裡沒有母親——她個性上也太憨傻柔弱——我可別對她太嚴厲才好。」於是她試著說些有智慧又充滿善意的話來贏得這女孩的信任。

葛妲事實上已經在她面前跪求過了，滿臉淚痕，希望自己別被送走。她什麼都不承認也不多作解釋，只是像發了瘋一樣，拼命地央求馬龍納太太能讓她繼續待著，她希望有生之年繼續替太太工作——只要她能讓她留下。

馬龍納太太在腦海裡反覆推演這個難題，她覺得就現況來說，她還不會把她趕走。她覺得某人忘恩於她，她曾經是如此真心地幫助過她，但她壓抑住這負面的情緒了，也克制住這女孩的怯懦行徑所讓她心底燃起的那種冰冷、鄙視的怒意。

「現在要做的事——」她告訴自己：「就是讓這女孩能安然渡過這件事情，除了不可抗力的情事之外，這女孩的生命不該受到傷害。我會問問珀麗特老師的意見——能夠有個女博士幫忙，真是令人欣慰！我還是會幫助這可憐愚蠢的小東西，直到事情告一段落，然後把她送回瑞典去，讓她跟她的寶寶在一起，她們終究是從不被需要的地方來，而不是曾受到他人的需要啊。」馬龍納太太獨自一人坐在安靜寬廣的豪宅中，幾乎是在嫉妒著葛妲。

接著，災難※便來了。

接近天黑時，她要這女孩出去透透氣。有信件這麼晚來，她才親自收到，一封信是給她的——她老公寫的。她認得這郵戳、圖章還有打字的樣式，她在陰暗的大廳裡按耐不住地親了這封信一下，沒有人知道馬龍納太太會這樣親吻他老公的來信——但事實上她很常這樣做。

她也端詳了其他的信件，其中一封是給葛妲的，但不是寄自瑞典，看起來十分像是自己收到的這封信，這讓她感到衝擊，也覺得有點異狀，不過馬龍納先生也曾送過幾次信件跟卡片給這女孩，她便將這封信擺在大廳餐桌上，將自己的信拿回房間。

「我可憐的孩子……」信一開始便如此寫道。她有哪封信上寫了什

※deluge:《聖經》裡的大洪水：在舊約全書中，特指在諾亞時代發生的大洪水。作者借此意象比喻災難。

麼悲慘內容，讓他得用上這樣的字眼來安慰她？

「我真的很關切妳捎來的消息。」她到底寫過什麼會讓他如此操心的事？「妳一定勇敢地承受下來了，小女孩，我很快就要回家，一定會好好照顧妳，我希望妳此刻不要焦慮——妳可別說出來。這兒有一點錢，以防妳有需要用到的時候。我最快希望能一個月內返家，如果妳一定得走，記得把妳的地址留在我的辦公室。開心點——要勇敢——我會照顧妳的。」

這封信是用打字機寫成的，這不意外。上頭沒有簽名，這就不尋常了，裡頭附了紙鈔——五十元，這一點都不像以前她老公給她的信，也不像是他寫得出來的內容，有一陣詭異沁冷的感覺竄滿她的全身，像一棟被洪水吞噬的房子。

千頭萬緒不斷壓迫著她的頭腦，甚至想要闖進她的思緒，但她不願承認這些想法，在這些否定思緒的壓力之下，她下樓，將另一封信——給葛妲的信——拿了上來。她將這兩封信併置在餐桌上光滑陰暗的一處，走向鋼琴，彈了起來；嚴厲又準確的樂音流轉，她不想思考，一直彈奏到女孩回來。當女孩進屋，馬龍納太太便輕聲起身，走向餐桌。「這兒有妳一封信。」她說。

這女孩熱切地走向前去，看見兩封信擺在一起，遲疑了，望著她的女主人。

「拿妳的信吧，葛妲，請將它打開。」

女孩面有懼色地看著她。

「我要妳在這裡把信唸出來。」馬龍納太太這麼說。

「噢，太太——不！請妳別逼我這麼做！」

「為何不能？」

當下找不到任何理由可拒絕，葛妲的臉更加漲紅了，並打開信件，篇幅很長，很明顯地，開頭就讓她感到不解。信是這樣開始的：「我親愛的老婆。」她緩緩唸了出來。

「妳確定這是給妳的信嗎？」馬龍納太太問道：「這封不就是妳的嗎？那封不就是——我的嗎？」

她將另一封信遞給她。

「這真是錯得離譜……」馬龍納太太繼續說，帶著生硬的沉默，她多少已經放棄了維持場面和諧的忍讓態度，也完全失去了對於舉止合宜的敏銳直覺。這可不是人生，而是惡夢。

「妳還不懂嗎？妳的信放到我的信封裡了，而我的信放進了妳的信封，現在我們都懂了。」

但可憐葛妲的腦袋沒有任何緩衝情緒的地方；當痛苦來襲，從未受過情感訓練的她無法保持平靜與秩序，這整件事朝她橫掃而來——她無法抵拒，只能遭受衝擊。在能預期的暴怒來臨之前她只能畏縮著；而在心底某處的一個暗穴角落之中，憤怒在蒼白的焰火之中升起，將她擊敗。

「去打包行李吧。」馬龍納太太說：「妳今晚就得離開我的房子，錢在這裡。」

她將五十元現金擱著，再附上一個月的薪水，對於這女孩痛苦的眼神，她毫無憐憫，她聽見這女孩撲簌簌的眼淚，落在地板上。

「回房打包吧。」馬龍納太太說，總是千依百順的葛妲便照做了。

接著馬龍納太太也回到她自己的房裡，她沒去數到底待在房裡多久，一直把臉埋在床裡。

這二十八年的養成教育就這樣在她的婚姻面前付諸流水，在學院裡的日子，從學生到老師，她所培養起來獨立生活的能力，這些都交織成一個與葛妲心境迥異的哀痛背景。

過了一會兒馬龍納太太便起身，先為自己準備了暖熱的泡浴，接著用冷水沖澡，一陣用力的刷洗。「好！現在我能好好思考了。」她說。

首先她便後悔了她當下的驅逐令，她上樓去，想知道命令是否已經執行。可憐的葛妲！她的苦痛成了一陣暴風雨，最後發威在一個孩子身上，也讓她哭著睡去，枕頭濕了，嘴唇還在痛苦地抿著，身體還不時地上下顫抖。

馬龍納太太站著看她，端詳之際，她研讀那張甜美無助的臉龐；多麼無以抵拒，還是塊未琢的璞玉，她的溫順是多麼的吸引人——多麼容易就讓她成了受害者。她知道有股巨力將這女孩擊潰了，現在有多麼複雜的思緒過程正在她腦海裡運作著，也知道，女孩曾有過的一些抵抗，如今看來是多麼的可憐、無用。

她輕緩回到自己的房裡，添了一點柴火，坐在爐火旁邊，想忘掉自己的感受，就像她先前忘記自己的思考一樣。

兩女一男：其中一名女人的身分是妻子，充滿愛意也容易信賴他人，溫柔殷切；另一名女人是個僕人，同樣充滿愛意也容易信賴他人，且溫柔殷切——她是個年輕的女孩，流放在外，獨立生活，因此心懷感恩，未受過任何訓練也沒受過教育，稚氣十足。這女孩是該拒絕誘惑的，但以馬龍納太太的聰明程度當然也知道，一旦當誘惑以友誼名義為掩護的話，多麼讓人難以辨識——這任誰都察覺不到的啊。

葛妲比較擅長拒絕雜貨店店員；她確實在馬龍納太太的建議下拒絕了幾個人，但當有人要求她尊敬，她如何反抗批評？當有人要求她服從，她又能如何拒絕？她的無知讓她盲目，直到為時已晚？

這名較年長睿智的女士讓自己去理解這女孩所犯下的錯誤，並且幫她找到一些藉口。她預見女孩破敗的未來，一個嶄新的感覺從她心底油然而生——非常強烈清晰，威力十足，是一種針對犯下此錯的男人所無能測度的譴責。他當然清楚知道，也能體會，他完全能預期、衡量他此

舉的後果，他欣然接受女孩的純潔、無知、感恩以及她天生順服的個性，並恣意揮霍。

運用理智去感同身受，馬龍納太太的思緒到了好幾個冰冷的高峰，在這段時間裡，她持續幾小時所感受到的瘋狂痛苦似乎隨之颺去了。他竟然在這屋簷下幹出這種事，這可是他和她——他太太所共組的家庭。他不是真心誠意愛上這個年輕女子，也沒有先跟老婆分開，再去經營新的婚姻。那樣雖然令人心碎，至少乾脆、簡單得多。但事情並非如此。

那是封悲慘冷酷的信，也極謹慎，尚未署名，現鈔是比支票安全得多，也看不出有任何真感情。有些男人能夠同時愛兩個女人，但這不是愛。

馬龍納太太對自己妻子的身分感到既憐憫又生氣，但她也在思慮過後，為女孩同樣感到憐憫、生氣，所有那些美麗青春、身為人妻與母親並過著快樂生活的希望，就連值得驕傲的獨立生活——這些種種成就對於那男人來說，根本就無關緊要，他只想得到歡愉，因此選擇去剝奪她生命中最棒的快樂。

他在信裡說「他會照顧她」？他會怎麼照顧她？他有何能耐啊？

她同時為了這兩個女人所傷心——自己本身是妻子的角色，而葛妲也是受害者，想到這裡，心頭彷彿湧上一陣洪水，從腳下將她抬起。她起身緩步，高仰著頭。「這是男人的錯，傷害了女人——」她說：「這種傷害是衝著女人而來的，針對母親，也針對——這孩子。」

她停住不走了。

這女孩，他待她如子，也是他傷害犧牲掉的孩子——就這麼註定永無翻身之日了。

馬龍納太太出身於嚴峻的新英格蘭血統，她並非喀爾文教徒※，更不是唯一神論者※，但在她的靈魂深處卻存在著喀爾文教徒的鐵律，這教派嚴峻的信仰主張著多數人都得「因神的榮耀」而遭到詆毀。

世世代代傳授實踐這些教義的先人，都站在她身後；這些人的生活在很早的時候便已經根據宗教的崇高信念而塑模成嚴峻的樣子，在種種感受迸發的襲擾下，他們便能得到所謂的「判決」，爾後他們的生死便也就依循判決內容，繼續下去。

※Calvinist：喀爾文主義教徒，信守法國新教徒約翰・加爾文（John Calvin）的教義，是嚴守道德的，強調神的絕對性、聖經的權威及神意的拯救等。
※Unitarian：唯一神論者，否認三位一體的基督教教徒，反對宿命論、聖經無誤與原罪等說法，在此處與喀爾文教派對照。

當馬龍納先生數週後抵家——在信寄回來不久後他就回來了，以致於可能還沒收到任何人的回應——儘管他事前已經發過越洋電報了，在碼頭上沒見到妻子等候，也發現房子陰暗深鎖著，他用自己的鑰匙進了屋裡，躡手躡腳地上樓準備要給他的太太一個驚喜。

太太不在樓上。

他敲了敲伺鈴，也沒有僕人回應。

他將燈一盞一盞打開，將房子徹頭徹尾都巡過一遍了，空無一人。廚房乾淨，一副無人使用的冷清樣子。他離開廚房，接著緩緩步上樓梯，感到十分訝異：這整棟房子乾淨得可以，也整理得很整齊，卻空空如也。

他完全可以確認一件事情——她知道了。

他怎能如此確定呢？他還是別妄下斷語，可能她生病了，或者她死了。他突然站起身，不可能啊，他們一定會先打電報告訴他的。他又坐了下來。

若有什麼變化，如果她想讓他知道，一定會留下隻字片語，她應該是會這麼做的，而他這次回來得太突然，應該是錯過信件了。這樣想讓他感到安心一點，一定是這樣的，他轉身要去打電話，但遲疑了。要是她真的發現——要是她走了——一聲不響地遠走高飛——那他該讓朋友家人知道這件事嗎？

他來回走動，搜遍各個地方想要找到一點信息，或是一些解釋，他一次又一次地走到電話旁，但都停下來了，他無法開口提出這樣的疑問：「你知不知道我太太在哪裡？」

這些優雅美麗的房間現在看來呆板無助，這種感覺使他想到她，像是死者臉上掛著一種遙遠的笑意，他將燈都熄滅，卻無法按耐黑暗，又將燈全部燃亮了。

這真是個漫長的夜——

他早早去上班了，在堆疊的信件中沒有她的來信，大家似乎都沒有發現任何異樣，一個朋友問起他的老婆——「看到你應該很開心吧，是不是？」他便含糊地應付過去。

約莫十一點時候，一名男子來找他，約翰．希爾，是他的律師，也是她的表親。馬龍納先生一直都不喜歡他，現在可更不喜歡他了，因為希爾先生交給他一封信，上頭有行字寫著：「我受人之託要將這封信親手轉交給你。」隨即離去了，希爾看起來就像是受召於某人來除害的一樣。

「我走了，我會照顧葛妲的，再見，瑪里昂。」

這只留下這句話，上頭沒有日期、地址、郵戳，只有這句話。

在焦慮、煩惱的感受之下，他幾乎將葛妲跟這次的風波忘得徹底，她的名字現在引起他一陣憤恨，因為她阻隔了他和他的妻子，將他的妻子帶走了，這就是他的想法。

一開始他什麼都沒說也沒做，獨自一人住在自己的房子裡，選定外食解決三餐，大家問他老婆去哪了，他就說她去旅行——健康問題。他才不會讓這種事登上報紙，接著隨著時間過去，事情沒有什麼起色，他決心不要這樣忍耐下去了，便僱了偵探來幫忙。偵探們一開始怪他怎麼不早一點讓他們著手調查，隨即還是展開調查，也被吩咐這調查工作一定得極秘密地進行。

他所感受到的謎團對這些偵探來說一點也不費力，偵探們仔細查了她的「過去」，知道她以前在哪唸過書，在哪教書，還有其他資訊：她自己身上有一些錢，她的教授是醫學博士喬瑟芬·珀麗特女士，以及其他一些消息。

經過仔細的長期調查後，他們最後告訴他她已經在其中一個老教授的麾下重執教鞭了，深居簡出，很顯然地也開始接受客人寄宿。之後給了他城鎮、街道、門牌號碼，就像是不費吹灰得到的一樣。

他在初春時候返家的，但他在秋天前才找到她。

在山上的安靜大學城，寬廣林蔭的街道，一棟美麗的房子立在草坪上，周圍都有花草，他手上握著地址，白色大門上的門牌號碼寫得十分清楚，他朝筆直的碎石子路上走去，按了門鈴，一名年長的伺僕將門打開。

「馬龍納太太住在這裡嗎？」

「並沒有，先生。」

「這裡是二十八號嗎？」

「是的，先生。」

「那誰住在這呢？」

「惠玲小姐，先生。」

啊！這不是她娘家的姓嗎，他們早告訴過他，但他都忘了。

他踏進屋去。「我想見見她。」他說。

他被接引到安靜的大廳，裡頭涼爽，也有花的香氣，這都是她以前深愛的花，他都快哭出來了。那些快樂的時光都在他的腦海浮現出來，那美麗的開端，努力追求她時的熱情，以及她深切穩固的愛。

當然她會原諒他——她一定得原諒他，他大可低聲下氣，他會讓她知道他懇切的自責——他已決意要改頭換面了。

穿過寬廣的門道，有兩名女子朝他走來，其中一名女子像是高大的聖母瑪利亞雕像，懷抱裡還帶著一名嬰兒。

馬里昂很平靜沉穩，完全不動聲色，只有很明顯的蒼白臉色足以透露他內心的壓力。

葛姐，手裡抱著孩子，堅毅得像一座堡壘，臉上閃耀著一種嶄新的聰慧，她將湛藍憐愛的眼神放在她的朋友上頭——不看著他。

他癡癡地來回望著她們倆人。

曾經是她老婆的這名女人輕聲地問：

「你想告訴我們什麼？」

本文章刊載於 1911 年九月號《先驅者》（*The Forerunner*）月刊

轉

*Turned*

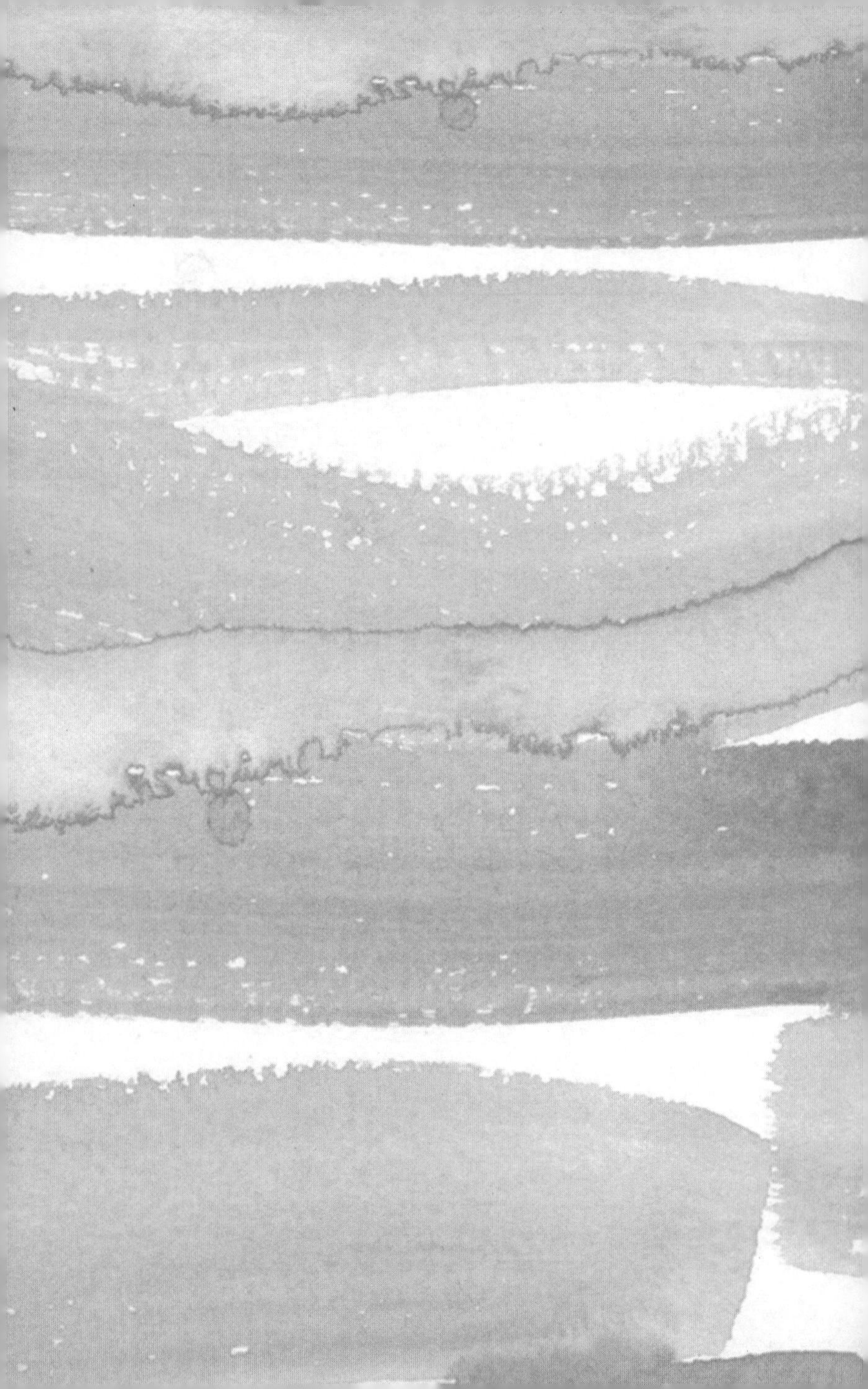

# 改變

# *Making a Change*

「哇！哇……啊！」

法蘭克．郭登斯把咖啡杯重重放下，咖啡都灑了出來，濺在碟子上頭。

「沒辦法讓這小孩不哭嗎？」他質問。

「我實在是沒有任何辦法。」他的妻子說著，語氣如此肯定、有禮貌，讓她說出來的每個字都像是被機器裁切過一樣。

「**我有辦法**。」他的母親帶著更堅決但卻冒失的語氣說著。

年輕的郭登斯太太從她細緻平整的眉梢望向她的岳母。郭登斯太太一語不發，她眼睛周邊疲累的細紋加深了，幾乎整夜都沒睡，好幾個晚上以來都是如此。

郭登斯先生也是，實際上他的母親也難以成眠，雖然她不是照顧寶寶的人——但她清醒地躺在床上，深深希望自己能夠照顧寶寶。

「小孩根本就不該哭成這樣的啊，法蘭克，只要茱莉亞肯讓我……」

「現在說這個根本就沒用——」茱莉亞說道：「如果法蘭克對這個小孩的母親有所不滿，那他直說就好——我們可以有所改變。」

這股不祥的氣氛卻異常平和，茱莉亞的精神狀態已經到達崩潰的臨界點了。那隔壁房間傳來的刺耳嚎啕聲聽在她疲累的耳裡，闖入她身為一名易感母親的心裡，像極了鞭子的陣陣抽打——也像大火在她體內燃燒著。她的耳朵異常敏銳，一直以來都是如此，她婚前是富有熱忱的音樂家，對於鋼琴與小提琴的教學也十分成功。小孩子的哭聲對每一位媽媽來說都很難受，而聽在一個懂音樂的母親耳裡根本就是折磨。

她有雙敏感的耳朵，她的良知也是如此敏感纖細，儘管她神經衰弱，她的尊嚴卻很強。這小孩是她的，她得看顧她的寶寶，而她確實負起了責任，無私不懈地奉獻自己來照顧孩子，同時也打理她住處寓所，維持整潔。她的夜晚早就已經無法讓她養精蓄銳了。

那令人難受的哭聲又嚎啕而起。

「也差不多該改變一下照護的方式了。」老婦人刻薄地提議著。

「或是改變住處。」年輕的女士用死板板的聲音提出了她的看法。

「喔，我的天啊！如果要有什麼改變，那就快一點！真要命。」身為兒子和丈夫的他如此說道，站起身來。

他母親也站了起來，走出房間，把頭抬得高高的，不想讓人發現最後這句氣話對她所產生的衝擊。

法蘭克．郭登斯怒視著他的妻子，同樣也精神緊張。任何人持續被剝奪睡眠後，在健康或是個性上都無法有所助益，一些知道這個道理的人便用這種剝奪來當成折磨他人的手段。

她機械式地攪拌著咖啡，十分平靜，眼神鬱鬱望向盤子。

「我受不了妳對媽這樣說話。」他語氣堅決。

「我受不了她來干涉我扶養小孩的方式。」

「妳的方式！怎麼這樣說話呢，茱莉亞？我母親跟妳比起來確實是懂得更多照顧嬰兒的辦法啊！她是真的愛護著寶寶——也有實際帶孩子的經驗，為什麼妳就是不能讓她照顧小孩呢——這樣一來我們的日子都能清靜一點啊！」

她抬起目光看著他，她的眼睛是深不可測的井，冒著憤怒的火光，他根本就不願體諒她的精神狀態。當有人說他們累到「快瘋掉」，這是很實際的說法，以前的人也常用「從尊貴的位置跌了下來」形容失勢的理性。這也是很明確的說法。

整個家從未料到茱莉亞已經抵達完全崩潰的邊緣了，比家人所猜想的還要嚴重。這種家庭景況再稀鬆平常不過，誰都逃不過這種宿命。

法蘭克．郭登斯家世不錯，身為獨子，他的母親是名能幹的女人，也對任何事都懷有偶像式崇拜的熱情。他過去深深愛戀著這名年輕的音樂教師，愛到發狂，愛著她身上散發出來的尊貴美麗還有她優雅的氣質。他的母親也贊同這樁情事——因為她也深愛音樂，喜歡美麗的事物。

這位母親在銀行裡的積蓄不多，無法出去獨居生活，茱莉亞便誠摯地邀請她一起生活。

在這個家裡大夥兒曾經相親相愛，彼此尊敬，氣氛和樂融融。這位年輕妻子也曾經如此仰慕著丈夫，她還想過，就算當初她成了世上數一數二的音樂家，也願意奉獻出自己——為了丈夫放棄音樂上的成就！她已經放棄掉音樂了，這是無可避免的，然而個把月個把月過去了她卻仍忘懷不了，這是她始料未及的。

她親自費神去妝點佈置這個小公寓，卻發現自己在家務上的表現時好時壞，很難維持她所要的水準。她的音樂性格不一定就意味著有耐性，也不一定意味著有打理家事的魄力。

當寶寶來到這個人世，她一意希望奉獻出自己，滿心感恩，她身為他丈夫的太太──也是他孩子的母親，這種幸福感在她體內激昂澎湃，直到她開始渴望音樂的想法勝過這種幸福感。她想要自由奔放地表達出自己的想法，讓她能夠散發她的愛、自信與快樂，但在說話表達上她沒有天賦。

她現在傻傻地望著他的丈夫，此時，想要分居、暗中脫逃──甚至毀掉自己──的瘋狂想法在她腦中昏昏沉沉地閃過，而她只這樣說：「好吧，法蘭克，我們該改變了，這樣你就能──清靜一點了。」

「謝天謝地啊，茱兒！妳看起來真的累壞了，小妮子──就讓媽去照顧小祖宗，然後去小睡一下，好嗎？」

「好。」她說：「好……我想我會的。」她的聲音像是有個特別的音符一樣，要是法蘭克是個精神病醫師，或甚至是個普通內科醫生的話，他可能就會聽得出來，但他的工作卻是埋首在電線線圈、發電機還有金屬銅線裡——畢竟研究的不是女人的神經線路——他根本就不會留意。

他吻了她然後出門了，走出家門這才把緊繃的肩膀放了下來，深深地鬆了一口氣，把家留在腦後然後走入自己的天地。

「婚姻這檔子事——以及養育小孩——並非想像中那麼好。」這是他心底的聲音，但他沒有完全坦白，也很少表達出來。

朋友問他：「家裡都好嗎？」他說：「不錯，謝謝你——很好，孩子很常哭鬧啊——但我想這應該很正常。」

他把整件事情都先丟在腦後，然後去幹屬於他男人的活了——他是多麼努力賺錢來供養他的老婆、母親和兒子。

他母親在家，坐在她的小房間裡，正對著那口「深井」的一片毛玻璃下，望出窗外陷入沉思。

他的老婆坐在那一小張凌亂不堪的早餐桌邊，動也不動，雙手托住下巴，眼睛睜得大大，望著空氣中的虛無，試著從她疲累的思緒中想出一些合宜的理由，來說服自己不要去做她現在正在想的事情，但她的腦袋已經太疲倦了，沒辦法讓她好好想下去了。

她只想要睡——無止盡地睡下去，這樣的話他母親就能盡情地照顧寶寶了，法蘭克的耳根也能安靜一點了……噢，天啊！又是小寶寶要洗澡的時候了。

於是她便幫寶寶洗了澡，動作像機械一般，這刻鐘敲響時她便準備好殺菌過的牛奶，裝了一點在寶寶的奶瓶裡，寶寶依偎蜷伏著，盡情地喝，她則站在旁邊看著。

她把浴盆的水放掉，晾起幫寶寶沐浴時所穿的圍裙，把全部的毛巾、海綿還有雜七雜八的工具都收拾起來，幫這個長子洗澡可是花了好大一番工夫，接著她便坐著向前直視，臉上顯露出從未有的疲態，但內心有股意志越來越堅定。

葛蕾達把桌面清理好了，她動作粗手粗腳的，現在又在廚房把盤子弄得嘎嘎作響，每聽到一次聲響，這位年輕母親的心頭便揪了一下，而她高亢的聲音伴隨著餐具聲響開始唱起悲情的曲調，年輕的郭登斯太太打了個哆嗦並站了起來，下了一個決定。

她小心翼翼地把孩子抱了起來，撿起奶瓶，把他帶到他祖母的房間裡。

「您介意幫我照顧亞伯特嗎？」她用扁平沉靜的聲音問道：「我想我得去睡一下。」

「噢，我很樂意。」她的岳母以冰冷的禮貌口吻回應，但茱莉亞沒有意會到，她把寶寶放在床上，同樣傻傻地站著看他好一陣子，接著才不說一句離開了。

郭登斯太太，年長的那位，坐下來望著寶寶，看了好一會兒。「真是個標緻的小孩啊！」她輕聲說，心滿意足地注視著寶寶漂亮粉嫩的皮膚。「他根本沒有什麼**問題**啊！都是她奇怪的想法。這媽媽對待小孩也太反覆無常了！還想放著小孩讓他整整哭上一個小時！如果小孩很緊張，那也是因為媽媽神經緊張的緣故，竟然洗完澡才餵他吃——竟然這樣！」

她腦中不斷盤旋著這些尖酸的想法，一會過去，把空奶瓶從小孩溼溼的小嘴上拿走，那張小嘴隨意地吸吮了幾口空氣，接著便安靜睡去。

「我能照顧他，這樣的話他就**不會**再哭了！」她繼續對自己說著，手裡懷抱著寶寶，緩緩地來回搖著。「我一個人就能照顧二十個像這樣的寶寶——而且我還能樂在其中呢！我想我應該去別的地方照顧他，讓茱莉亞能好好休息一下，對啊！應該要考慮搬家了！」

她一邊搖著寶寶一邊計畫著，很高興身邊有孫子陪伴，孫子就這樣睡著了她也開心著。

葛蕾達早出門去忙自己的事情，房間都靜得可以，突然這位老婦人把頭抬起嗅了嗅，馬上站起來飛奔到瓦斯開關的地方——沒事！鎖得緊緊的，她跑回餐廳查看——一切安好。

「一定是那笨女孩忘記關爐子，瓦斯才會散出來！」她這樣想，跑到了廚房，不對啊，這乾淨的小空間空氣很新鮮，每個火口也都關得緊緊的。

「這就怪了！一定是從大廳那邊傳來的。」她把門打開，也不是！大廳只有平常從地下室散發出來的味道而已，那客廳呢——也沒事啊，那間窄小凹室，也就是房屋租賃仲介口中說的「音樂室」，裡頭擺放茱莉亞闔上的鋼琴還有小提琴盒，現在都已死寂塵封——毫無異狀。

「在她房裡——她睡著了！」年長的郭登斯太太這麼說，接著她試圖想打開房門，門上鎖了，她大聲地敲著門——用力搖晃著——把門鈕轉得咯咯作響，還是沒回應。

郭登斯太太腦筋動得很快。「裡頭一定是出事了，都沒人知道，法蘭克一定還不知道，也還好葛蕾達出門去了，我**一定**要想辦法進去！」她抬頭看著氣窗的橫楣，上頭有法蘭克為茱莉亞深愛的門帘所掛上的粗桿子。

「這種非常時刻我應該能辦到吧！」

以她這樣的年紀，她算是十分活躍體健，但已經記不得早年有哪些體育上的輝煌表現可以勝任現在這個難題，她趕緊將梯子搬來，站上梯子她就能看得進去，而她所見的景象讓她奮不顧身地下了決定。

她強壯的小手緊抓著柱子，從開口處將自己細薄的體型勇敢地鑽了過去，儘管動作笨拙但她順利地轉身過去了，氣喘吁吁地跌在地上，身上多少都受了點瘀傷，她接著便跑去把門跟窗子都通通打開。

當茱莉亞睜開雙眼時發現自己被一雙呵護的手懷抱著，而且耳邊響起善意溫柔的話來安慰她，讓她解除疑慮。

「什麼都不要說，親愛的——我能**了解**，我告訴妳我真的了解！噢，我可愛的女孩——我的寶貝女兒！是法蘭克跟我對妳都還不夠好！快快開心起來啊——我有個**很棒的**計畫想要告訴妳呢！我們**就要**有所改變了！妳聽聽啊！」

此時這位臉色蒼白的年輕媽媽正靜靜躺著，安心地被安撫著，而所謂的偉大的計畫也就這樣在兩位郭登斯太太之間討論了起來，決意要來改變生活了。

法蘭克．郭登斯很開心小寶寶「長大了一點且克服了瘋狂哭鬧的魔咒」，他跟妻子說起這件事。

「是啊。」她喜孜孜地說：「寶寶也受到更好的照護。」

「我知道妳已經能體會了。」一臉自信的他這樣說著。

「沒錯！」她同聲應和：「我已經能領悟——深刻地領悟到了！」

看到她快速穩定地恢復健康，他也很開心，簡直是開心極了。她的面頰上又再度出現過去細緻的粉紅色澤，雙眸也閃起柔順的眼神，在傍晚時分她便為丈夫再度奏起音樂，那輕柔的曲調，房門緊閉著——因為不想吵醒亞伯特——這讓他感到當初交往追求時的快樂時光似乎又回到眼前了。

葛蕾達這個腳步聲沉重得像槌子的女孩已經離開，有一名很能幹的法國裔女管家在她走那天來報到，取代了葛蕾達。他根本也沒向這個人問起她的個性為何，也根本不知道她會採買跟設計餐點，這些精緻新穎的食物跟豐富的菜色變化都讓他吃得津津有味的。他也根本不知道支付給她的薪資比先前的伺僕來得多，他每個星期都交出固定金額的錢，也沒追問細節。

另一件讓他開心的事就是他母親似乎也重拾起生活的樂趣，她開心又俐落，嘴邊常說著笑話跟故事——就像他還是個男孩時對他母親的印象。最重要的是她現在對茱莉亞的態度既寬待且呵護，再沒有比這能讓他開心的了。

「讓我告訴你這是怎麼著！」他對一位單身的朋友說道：「你們這些光棍還不知道自己錯失掉什麼了！」接著他把當中一個朋友請來家裡晚餐——讓他看看自己錯過了什麼。

「僱人來打理這些工作，一個禮拜只需付三十五塊嗎？」他的朋友問。

「沒錯，就是這樣。」他回應的語氣帶著驕傲。

「哇，那你老婆真的打理得不錯呢——我只能這樣說，而且你的廚師是我見過、聽過、吃過以來最棒的——我想應該要——五塊美金吧。」

郭登斯先生一臉得意洋洋，但當有人用令人不悅的口吻跟他透露說：「法蘭克，我不覺得你會想要你的老婆在外面教音樂吧！」他便無法得意洋洋了。

他沒有讓他的朋友看出驚訝或是生氣，但他想把脾氣先留著，回去再出在他老婆身上，而因為他又驚又氣的，於是便做了一件不尋常的事——他提早下班，下午時候就返家。他打開公寓大門，一個人影都沒有，每個房間都巡過——老婆不在、小孩不在、媽媽也不在，也沒有僕人。

按電梯的伺僕男孩聽見他的腳步聲把地板踩得砰砰作響，還有他不斷開門關門的聲音，便開心露齒微笑起來——郭登斯先生走了出來，查爾斯便自告奮勇地透露一些消息。

「年輕的郭登斯太太出門去了，先生；但是郭登斯老太太和寶寶——她們都在樓上，我想應該是在樓頂的地方。」

郭登斯先生便跑上樓頂，看見了他的母親，以及一名面帶微笑的保姆，還有十五個快樂的小寶寶。

這個當兒郭登斯老太太便馬上起身了。

「歡迎到我的育兒園來啊，法蘭克。」她笑容堆滿了臉說著：「我很開心你能夠有空抽身來這裡看看。」

她拉著他的手臂帶他到處繞繞，得意洋洋地展示著她這灑滿陽光的頂樓園地，裡頭有著沙堆、大而淺的池子鍍著鋅邊、花朵藤蔓、翹翹板、鞦韆還有樓板的毯墊。

「你看他們多麼開心啊。」她說：「辛麗亞也照顧掌控得很好，能幫上好一陣子呢。」接著她向他展示上面的整個樓層，小寶寶在午睡，一旦天氣不好的時候這邊也就變成了能讓他們玩耍的便利場所。

「茱莉亞去哪裡了？」他先質問了這個問題。

「茱莉亞等會就到了。」她這麼告訴他：「她大概五點的時候就到了，這些寶寶的媽媽也會在那時候來接他們，我照顧他們的時間從九點、十點一直到下午五點。」

他一語不發，心裡感到既生氣又受傷。

「我們沒一開始就告訴你，我的寶貝兒子啊，因為我們知道你一定會不喜歡這想法，我們只是想要確定這想法是不是能順利進行。我把上層都租了下來，喏——月租四十塊，跟我們樓下一樣——每週付給辛麗亞五塊，也付給樓下的霍珀克醫生每週五塊，讓她能每天來照料我這些小寶寶們，也是她讓我找到這麼多小寶寶的，這些寶寶們的母親每人每週付我三塊錢，這樣她們就不需要在家請保姆了，我一週付給茱莉亞十塊錢伙食費，我這邊還能留給自己十塊錢呢。」

「那她去外面教音樂嗎？」

「沒錯，她去教音樂，就像以前那樣，她樂在其中啊，你一定發現

了她現在的快樂跟健康——有嗎？我也是啊，亞伯特也是。你應該不會因為那些能讓我們快樂的東西而感到難過吧，是這樣嗎？」

就在這時候茱莉亞走了進來，帶著輕快的步伐，神采奕奕，胸前還別上了一大把的紫羅蘭。

「嘿，媽。」她大喊：「我拿到票了，只要我們能叫辛麗亞傍晚的時候先過來幫忙，我們就能去聽梅爾芭的演奏了——」

她看見她的先生了，當她的眼睛與他責備的眼神交會的時候，眉目之間浮現了一陣赤紅的赧色。

「噢，法蘭克！」她呼喚著，雙手圍在他頸子上。「請別介意！請花點時間適應一下！也請你以我們為榮啊！想想看，我們是多麼快樂，我們一禮拜就能大概賺到一百塊——這是大家全力合作的結果啊，知道嗎，媽給我的十塊就可以拿來付房子的錢，我自己還有二十多塊的收入呢！」

那個傍晚他們促膝長談了許久，只有他們兩人，最後她終於告訴他當初那個危險事件的景況——遺憾曾經與他們擦身而過。

「是媽帶我走出來，法蘭克，她讓我再次恢復理智了——讓我不會失去你！她現在也是煥然一新，她的心裡、手裡也全是小寶寶啊，亞伯特也很開心！直到你發現之前，**你不也**享受到其中的快樂？」

「親愛的——我的愛——我現在一點都不在意這些了！我愛我的家、愛我的工作、我愛我的母親，也愛著你，至於小孩嘛——我希望我們能有六個寶寶！」

他望著她漲紅的臉，她臉色滿是殷切與愛意，他將她抱得更緊了。

「只要妳們都這樣開心——」他說：「我想我能接受。」

多年後，常能聽到他說：「結婚跟帶小孩其實再簡單不過了啊——只要你開竅就好！」

本文章刊載於 1911 年十二月號《先驅者》（*The Forerunner*）月刊

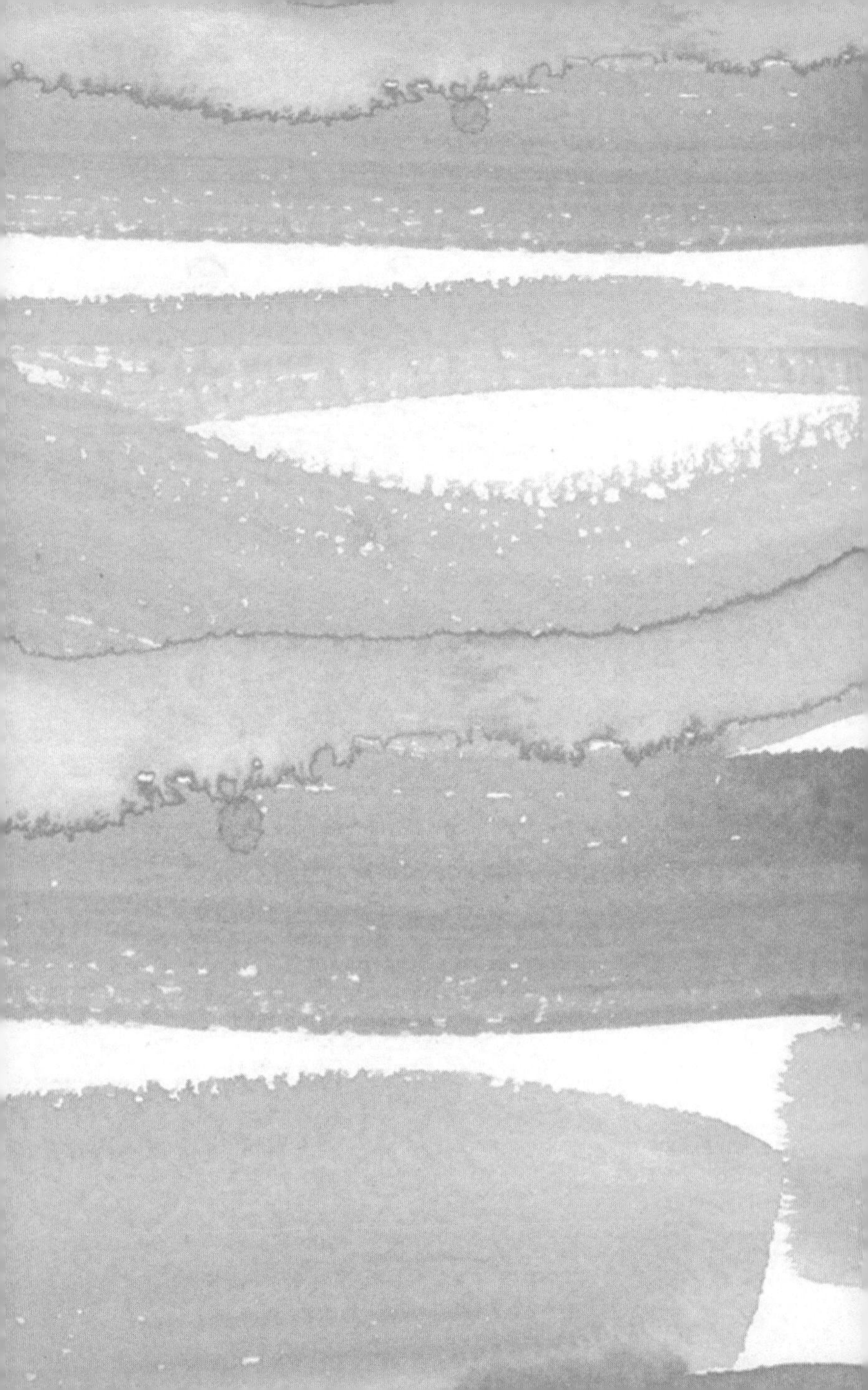

# 假如我是男人

# *If I Were a Man*

「假如我是男人……」這就是美麗嬌小的莫麗．馬修森常掛在嘴邊的一句話，只要傑瑞德達不到她的要求，就會脫口而出——不過這不常發生就是了。

而陽光大好的今天早上她又說了一次，邊說邊重重踱著她小小的高跟拖鞋，因為傑瑞德為了帳單的事在大驚小怪，是那些跟「結欠清單」一起來的林林總總的帳目，她忘了在第一時刻把這「結欠清單」交給他，結果就擔心害怕直到眼下這一刻——現在他從郵差手上自行取走了。

莫麗是「大家閨秀」型的，長得標緻，一般大家都會敬稱她是名符其實的「真女人」，她嬌小玲瓏——對於魁梧的女人是不可能用「真女人」來形容的；她也十分漂亮——而長相平凡的女人也不可能被認為是真女人。她個性反覆、善變、風情萬種，千變萬化，對漂亮的衣裳非常投入研究，也總是能「穿戴得宜」，這是大家所流傳關於她的種種形容。（這指的不單單是衣服——基本上來說這些衣服都沒有穿好——指的反而是把它們穿戴、配戴上時那種特殊的優雅姿態，儘管不常看到，但這種氣質還是會出現。)

她是個關愛有加的妻子，同時也是肯願意奉獻自己的一位母親，具備著「社交的天賦」，也熱愛這樣子順理成章的「群居生活」，由於這種種原因讓她深愛著她的家，也以家為榮，她能夠打理得非常好——就像多數女人一樣。

假如有個所謂的真女人，那就非莫麗．馬修森莫屬，可是她卻暗暗在心靈裡許願，希望自己是個男人。

突然間她果真變成了男人。

她就是傑瑞德，寬肩挺拔的身材，如常要趕上早上那班火車，老實說來，他的確是帶了點脾氣。

她的話還在她自己的耳邊響著——不只是「最後那個字」，還有早就脫口而出的那幾句話，她緊緊抿住嘴唇，絕不說出任何會讓她感到後悔的話，她不想默默應許在陽臺上那生氣的小角色所處的態勢，她反而感到一股優越的自信，一種像是帶有缺點而產生的同情心，一種「我得好好待她」的感覺，現在心底反倒不再充滿惱怒了。

是個男人！真的是個男人——儘管她只用了模糊意識下的記憶，但已經足夠讓她分辨出來當中的差別了。

起初她便為了體型大小、體重還有多出來的身體厚實度上深感奇怪，雙腳雙手似乎都異常增大了起來，她修長筆直且律動優美的雙腿向前踩著，那一種步態讓她感覺她彷彿是走在高蹺上。

這奇怪的感受不久便過去了，就照著這景況整天適應下去，她所及之處都帶著一股嶄新歡愉的感覺，因為這就是她**再正確不過的身形**了。

現在甚麼都對了：她的背能緊貼著椅背，腳也能舒服地放在地板上，她的腳？……噢不，是「他」的腳！她仔細觀察自己的雙腳，自從她學生時代以後她的雙腳便不曾感到這樣的自由與舒適——她感到自己的雙腳是結實、堅定地貼著地面；步伐快速、輕盈而且穩健——當她被一股莫名的衝動向前推動時，她追著火車跑、趕上了，搖搖晃晃地上了車。

另一股激動則是伸手探入口袋裡拿零錢——隨即自動掏出一枚五分鎳幣給車掌，一分硬幣給報僮。

這些口袋真是出乎她的意料之外，她當然早就知道這些口袋的存在，

也細數過它們，拿它們開玩笑，也修補它們，甚至羨慕它們；但她連做夢都沒想過擁有口袋的**感受**會是怎麼樣。

她躲在報紙背後，她讓她那古怪混淆的意識在口袋與口袋之間來回穿梭，終於體會到擁有這些東西在手邊時，所產生備受保護的自信感——隨手可得，以便應付不時之需。雪茄盒給了她溫暖的安撫——裡頭裝滿煙草；除非她顛覆了自己的腦袋，否則她非得要緊握那隻鋼筆，才會感到安心；鎖匙、鉛筆、信件、文件、記事本、帳簿、帳件夾——她感受到權力與自信，深深朝她襲來，她感受到了她此生以來尚未有過的感覺——擁有金錢，是她自己賺得的錢——她用來施予或是保留的錢，不是她央求而得的，也不是挑逗而來的，更不是哄騙來的——這是她的錢。

那帳單——唉，要是是她——他收到了的話，那麼——他會理所當然地付清，也絕不會提起這件事——不會向她提起。

然後呢，變成他之後，口袋裝著他的錢，安安穩穩地坐著，就這樣意識到了他這輩子對於錢的概念：在男孩階段——他所充滿的許多慾念、夢想跟志向。少男階段——努力勤奮工作就是為了要賺到能夠成家的錢——都是為了她。眼前的這幾個年頭他們用盡呵護，對生活有所期望，也接受危險挑戰；可是到現在這節骨眼，當他得把每一分錢拿來做重要、特別的事，這又臭又長的逾期帳目還有催討的款項對他來說根本就是大大的麻煩，要是第一時間就交給他，根本就不會出現這些不必要的麻煩；再者，男人對於「結欠清單」的惡意是非常敏銳的。

「女人就是沒有做生意的頭腦！」她發現自己這樣說道：「她們的錢就都拿去買帽子了——盡是買一些愚蠢沒用的醜東西！」

就因為這樣她開始觀察車廂上那些女人的帽子，彷彿她從沒看過帽子一樣。男人的帽子看起來比較正常尊貴，也好看，比較多個人品味的選擇，樣式和年紀上亦有所區別，她以前從未如此留意過帽子，但說到女人的帽子——

她帶有男人的眼睛與智慧，也帶著一輩子自由生活的記憶，帽子緊貼在剪短過的頭髮上，沒有造成視覺上的困擾；她開始觀察女人的帽子。

蓬亂的頭髮曾經一度是好看的，但現在挺可笑，在那頭髮上，有著以各種角度探出，五顏六色的裝飾：傾斜的、繞捲起來的、或把頭髮折磨到曲曲折折的，簡直運用了任何手邊能拿到的素材製成的裝飾。頭上頂著這些不成形的小玩意兒，接著在這些小玩意上又有裝飾——這些羽毛硬生生地岔了出來、閃耀的緞帶所打成突兀的結飾、那些搖晃、突出的華麗羽毛連旁觀者也倍受其擾。

她終其一生都沒幻想過這極受崇拜的女帽事業，在那些付錢買帽子的人看來，就像是隻瘋狂潑猴的裝飾品一樣。

然而，當車廂裡邊進來了一位嬌小的女士，儘管也是愚蠢得可以，但還是有幾分姿色，傑瑞德．馬修森起身讓座給她。不久後，又進來一位標緻的女孩，面頰紅潤，帶著更大的帽子，顏色也更有攻擊性，形狀跟其他人的比起來也是古怪得可以——當她站近了點，她帽上柔軟的捲曲羽毛便不斷掃到他的臉頰——一陣歡愉之感在這樣的親密觸碰之中油然而生——而她的內心深處也感到一陣羞恥感如浪潮般襲來，幾乎可以把一千頂帽子永遠淹沒。

當他搭著火車，他坐在抽煙車廂裡，有件新奇的事讓她感到驚奇，在他身旁的盡是男人，通勤的人也是，還有他的許多朋友們。

就她印象所及，這些男人分別是「瑪麗．魏德的丈夫」、「貝兒．葛蘭特訂婚的對象」、「富有的夏普沃斯先生」或是「和藹的畢爾先生」，他們都會向她抬帽敬禮、鞠躬，如果站得夠近就會禮貌地說上幾句——尤其是畢爾先生。

與這些人稍微熟識之後，竟出現了一種大開眼界的感受：能夠理解男人——以他們原來的樣子。但就這一點讓她感到驚訝——整個閒談的背景從男孩時期開始、理髮店與俱樂部的八卦、晨間或傍晚列車上的對話、對於政治黨派的理解、經濟地位或展望、名譽——她這下總算知道了這麼多過去不曾知道的事情。

男人們紛紛前來找傑瑞德說話，他似乎是個受歡迎的角色，當他們在談話的時候，透過這股新的記憶與新的體認——她似乎能夠體認到這些男士的心靈運作，在這嶄新的體認之下，原有的意識被一項全新、驚人的領悟所掩蓋：男人究竟是如何看待女人的。

這裡淨是善良平庸的美國男人；多數都已婚了，幸福美滿——就是大概所謂幸福的樣子。在他們的心中似乎存在一個含有兩格意識分層的部分，與其他的想法大相逕庭，那邊保存著他們對於女人的觀點與感受。

在上半部層次是那些最細膩的情感、最細微的理想、也是最甜美的記憶以及所有關於「家庭」與「母親」那些充滿愛意的感受，也存在著許多用來讚美的形容字詞，像個庇護所，在這裡頭有一座雕塑罩著輕紗，被人盲目瘋狂愛戴著，與所有珍愛著的尋常經驗一起共存著。

而在下層部分——深埋的意識在這邊因為刺痛的壓迫而甦醒了——這裡存放了另一類的想法，即使在她老公思緒澄澈的頭腦裡，還是只有那些流轉在男人餐會間對於那些故事的記憶、那些在街坊或火車上道聽塗說來的醜事、低賤的風俗、猥褻又冒犯的稱呼、風流事蹟——大家都心裡有數，但沒彼此分享就是了。

這就是存放於「女人」這個記憶層次的種種，然而在其他思緒部分——事實上還是有新的體認。

世界在她面前鋪展開來，這並不是印象中一路將她撫育長大的世界——不是將家庭視為幾乎是她全部版圖，而其他地方被視為「異境」或是「尚未探勘之域」的世界，而是這世界原來的樣子——是男人的世界，是個男人創造、生活以及關注的世界。

她感到頭昏腦脹的：看見房子在火車窗邊快速飛閃而過，看到一些關於建商的招貼傳單、想到一些建材與建設方法的觀點；一個聚落經過眼前，便幽幽地想著是「誰擁有」這片村落呢？而這村莊的「大老闆」在管轄權力的掌握上能夠爬升多快？或像這樣的路面鋪設根本就是失敗的示範；看見一間間的店鋪，不會想到漂亮物件的陳設，反而是想到在商業經營的風險，有哪些是穩賠不賺的沉船生意，也有些極富展望的獲利商旅——這個嶄新的世界令她目眩神迷。

她——現在是以傑瑞德的身分——早已經忘記那帳單的事情了，忘記了那個她——身為莫麗的那個她——還躲在家哭著，傑瑞德正在跟這個男士「討論事業」、跟那位男士「討論政治」，現在又為一個鄰居所深深在意的麻煩事打抱不平。

而莫麗以前總是同情這位鄰居的老婆。

她開始與龐大的主控男性意識奮力搏鬥著，她突然清晰地記起她所讀過的東西以及去聽過的課，漸漸強烈地怨懟著男性觀點所關注的大男人主義。

那事事挑剔的邁爾斯先生就住在街的另外一邊，他正在說話，他有一位志得意滿、骨架又大的老婆；莫麗從沒欣賞過她，但莫麗一直都認為邁爾斯是個不錯的人——他在待人處世的細節上一絲不苟。

而他就在這裡跟傑瑞德說話——就是男人間那種談話！

「非得走進來這。」他說：「剛讓座給一位女士，她擺明那座位就是她的。女人就是這樣，凡是下定決心要的東西，沒有什麼是得不到的——不是嗎？」

「怕啥！」旁邊坐著的高大男人這樣說：「你可知道女人沒多少決心可下——就算有，也很快就變卦了。」

「真正的危險啊——」亞佛列德．辛絲牧師這位新到任的主教轄區的教士，身材高瘦又生性緊張，一張臉似乎是落後了時代好幾百年一樣，他開口說道：「就在於女人會逾越神所限定給她們的範圍。」

「我認為吶，她們的天生限制照理能夠好好圈住她們。」瓊斯醫生滿臉春風地說：「再怎麼樣也躲不掉生理上的宿命啊，我告訴你們。」

「就我看來，只要是她們想要的東西，根本不會有任何限制可言。」邁爾斯先生說：「就一個有錢的丈夫、一棟好房子還有無數的帽子跟衣服，最新款的電器用品還有一些鑽石——之類的，就夠我們忙壞的了。」

走道對面有一位疲累的男人，灰髮蒼蒼。他有個不錯的太太，總是打扮得漂漂亮亮，膝下有三個還未嫁的女兒，她們也很會打扮——莫麗認得她們。她知道這個男人很努力工作，但現在她卻有點焦慮地注視著他。

他笑盈盈的。

「邁爾斯你就行行好吧。」他說：「不然男人工作為的是什麼？一個好女人就是世上最美好的事物了。」

「壞女人就是世上最糟糕的東西了，沒錯。」邁爾斯這樣回答。

「如果以專業角度來評斷的話，那應該是個身體虛弱的姊妹。」瓊斯醫生肅穆地宣告，然後亞佛列德．辛絲牧師又補上一句：「是壞女人把邪惡帶來這世上的。」

傑瑞德．馬修森危坐起來，有種感受在他的心裡震顫著，某種他無法確定也無法抵擋的感受。

「在我看來，我們講得好像自己是聖經裡的諾亞。」他語帶幽默而不形於色：「或是古代印度教的經典故事。女人當然有她們能力上的侷限，我們男人也有，上帝都清楚，難道我們在學校或大學沒遇過跟我們在聰明程度上旗鼓相當的女孩嗎？」

「她們可不會玩男人玩的遊戲。」這位教士冷冷地回應。

傑瑞德細細打量了他那沒什麼份量的身材。

「我自己踢足球也不是特別行。」他謙虛地承認：「但我可是認識一些可以整場比賽下來，還比男人有耐力的女人，況且——人生不是都花在運動跑跳上的吧！」

這聽起來真悲傷但卻很真實，他們低頭望著那位面色凝重、衣著簡陋的男人所獨坐的走道，那男人曾經被刊載於頭版專欄，上有標題旁有照片地，但現在他賺的錢還比這兒的任何一個人還少。

「我們早該覺醒了。」傑瑞德繼續說道，心底還是著想說出這些陌生的詞語：「女人也不過是**人**啊，對我來說，我知道她們穿得都像呆子——這要怪誰啊？是我們做了那些愚蠢的帽子給她們戴，是我們設計那些古怪的流行風潮，不然還有什麼？要是真有女人勇氣十足，穿上普普通通的衣服——和鞋子——我們會想要跟這種女人跳舞嗎？」

「沒錯，我們怪她們從我們身上揩油，但難道我們會讓太太們出去工作嗎？我們才不呢，這只會讓我們顏面無光罷了。我們總是批評她們因為錢而嫁給我們，那如果有個女孩嫁給一個沒錢的大老粗，我們又會怎麼叫她？不過就是窮光蛋加笨蛋而已，女生們可心裡有數呢。」

「而說到人類之母夏娃——我不是那時代的人，我也不能否定那故事，但是我會這樣說：假如是她把邪惡帶來世上，我們男人也有份，畢竟我們也讓罪惡流傳下來了——你們說呢？」

他們抵達市區，然後傑瑞德在一整天的忙碌裡，隱隱約約意識到新的看法、奇異的感受，而潛伏內心的莫麗都一一從中汲取教訓。

本文章刊載於 1914 年七月號《身體文化》（*Physical Culture*）月刊

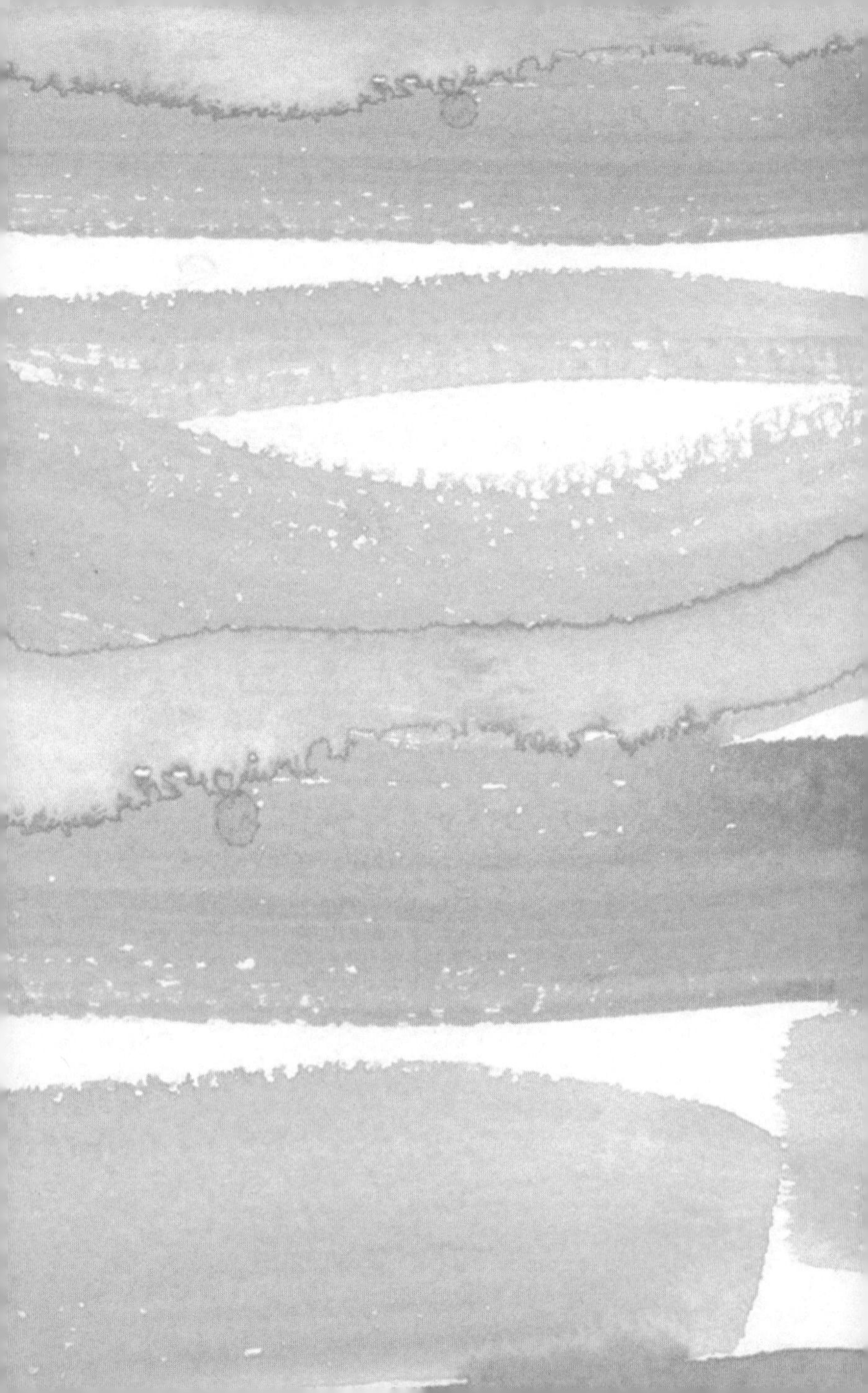

# 畢包斯先生的初衷

*Mr. Peebles' Heart*

他正躺在沙發上，客廳一派居家閑適的樣子，不大又簡陋；一張硬梆梆的沙發，誰坐都不舒服，也不夠寬，尾端上翹的幅度也太大，但終究還是張沙發，必要的時候往上頭一躺就能夠睡著。

畢包斯先生就睡在上頭，外頭是個炎熱無風的午後；他睡得不安穩，打了幾聲鼾，身體不時抽動，就像個受到莫名苦痛的人一樣。

畢包斯太太一路嘎吱作響地從前面樓梯走了下來，她要出門去忙她自己驚天動地的要事，她拿了把不錯的芭蕉扇當成武器，一支絲綢雨傘則是用作防禦器具。

「妳怎麼不一起來呢，瓊恩？」在她穿衣服準備出門的時候，她這樣催促問著她妹妹。

「艾瑪，我何必去呢？在家比較舒服吧，等亞瑟醒來我還能跟他作作伴呢。」

「噢，亞瑟嗎！他一睡完午覺就會回去顧店的，我確信歐德太太寫的報告一定很有趣。就我看來，如果妳要在這邊住下，就該在會所裡面找個興趣嗜好。」

「我想在這邊當個醫生——我不會當個沒事做的女人，那麼，妳就去吧——我已經感到很滿意了。」

於是艾瑪．畢包斯太太便跟其他艾爾斯沃思淑女家庭會所的成員一起圍坐著，同時動動腦筋，而巴斯康醫生輕緩地下樓，走向起居室來找她一直在讀的那本書。

畢包斯先生還在那兒，也睡得不太舒適。她安靜坐在一張靠窗的籐編搖椅上，看了他好一陣子；一開始她看得很仔細，像在研究甚麼，接著就看得津津有味的。

微禿、頭髮略有花白、體型也有點中廣，一張臉帶著迎接客人的和善笑容，但當沒有客人可以服務的時候，臉上那嚴肅呆板的線條便從嘴角周圍漸漸加深起來；服裝、舉止還有樣貌都只能用樸素來形容，這就是五十歲的亞瑟．畢包斯。他不是浪漫阿拉伯故事中的愛情奴僕，而是一個有責任的僕役。

一個男人得負起他的責任——正如他所理解的一樣——他也盡他的義務，此生不變。

他的責任——正如同他所理解的一樣——就是扶養女性。一開始是他那慈祥能幹的母親，她在她先生死後就一直經營著牧場，也靠著夏天接待寄宿客人來貼補家用，就這樣一直維持到亞瑟年紀大到能「扶養她」。不久她就把那老家給賣了，搬到鎮上來，「打理個家供亞瑟住」。偶然之下，亞瑟也雇用了一位女孩來做那些炊煮洗衣的勞動工作。

他在店鋪裡工作。她坐在露天廣場跟鄰居們話家常。

他照顧他母親一直到快三十歲，母親最後撒手離開了他；接著他又放入另一個女人，有了自己的家——受雇的女孩繼續幫忙著。他娶的女人很漂亮，無牽無掛的，是個嬌小依賴的女人，對於她老公的優點和細心她都悶不吭聲，就這樣專注地依附著他過日子。

也曾有個妹妹靠他養，不過她結婚之後就沒有了，另一個妹妹去世之後也不用他扶養了。他有兩個小孩——都是女兒，也是得依附著他。兩個女兒都在適婚年齡就嫁了，換給他們年輕力壯的老公去扶養。現在他只剩自己的老婆要養，負擔減輕了很多，比他想像的要輕鬆得多——畢竟少了好幾張口吃飯。

可是事情沒這麼簡單，大概是因為他疲累了，非常疲累，也或是畢包斯太太的魔爪隨著年紀增長伸得越來越長、抓得越來越緊、也越來越依賴了。他都沒吭一聲，在這幾年裡他沒想過，對一個男人來說，在這樣法定的婚姻關係裡，還會有甚麼事情會比扶養女人更重要。

要是瓊恩醫生可以被打動——他一定會把她放在追求名單裡，因為他真的很喜歡她。她跟他所認識的其他女子不同，也跟她姊姊，甚至若以小規模來看，和艾爾斯沃思全部的女性居民都大大不同。

她年紀很輕的時候就違背她媽媽的意思離開家裡了，根本就是逃家走的，但是當整個村鎮的八卦傳得沸沸揚揚，大家想找出是哪個男人犯錯的時候——竟發現她其實只是跑去讀大學，她靠她自己一路工作，學到很多，甚至多過於書本裡面教的。她成了一名專業的護士，研讀醫學，在專業知識上一向表現優秀，甚至有傳言說她一定是「很穩定了」，就差不多要「退休」了，但又有人說她一定是徹徹底底失敗了，否則她是不會想回家來定居的。

不管是甚麼理由，她就是來了，她是位受歡迎的訪客；對她姊姊來說，她是個不折不扣的光榮人物，而對她姊夫來說，她也帶給他難以言喻的滿足。在她極富友善的魅力當中，他感覺到自己體內一股許久未發揮的力量正在蠢蠢欲動；他記起一些好笑的事情，也重拾能夠訴說這些事情的能力了；他覺得那些很久以前培養的興趣正慢慢回復，這也正是他早年對於這廣大世界的愛好與關注。

「在所有不引人注目、毫無魅力的好好男人當中——」她邊觀察著邊想，這時候他其中一隻手臂滑過沙發上滑溜的一端，手砰地一聲打在地上，他便醒來，匆忙坐起，他的樣子就像個翹班的人被逮到那樣。

「亞瑟，你別那麼快就坐挺，這對你的心臟不好。」

「我的心應該沒問題吧，不是嗎？」他問著，連他的笑都像是準備許久才笑出來的。

「我不知道欸——我沒檢查過——現在呢——你就好好坐著吧——你也知道今天下午不會有人來光顧店裡——就算有，傑克也會應付客人的。」

「艾瑪去哪了？」

「噢，艾瑪已經出門參加『社團』什麼的了——她要我一起去，但我寧可跟你說說話。」

他看起來被這句話逗開心了卻也抱持懷疑，覺得有這個社團真是不錯，卻不敢對自己太過恭維。

「聽好了。」在他從晃蕩的冰壺倒來一杯涼飲、坐入另一把藤編搖椅之後，她便繼續說：「如果還能選擇的話，你想要做甚麼事呢？」

「去旅遊！」畢包斯先生不加思索地說出口，他目睹到她的訝異表情，「是啊，去旅行！我一直都想去走走——從我還是小孩的時候就想了，沒用的啦！我們不可能去了，妳也知道，而現在——就算我們能去——艾瑪也不會想的。」他認命地嘆了一口大氣。

「你喜歡顧店嗎？」她問得犀利。

「喜歡顧店嗎？」他望著她笑開了，這一笑也笑得很果決，但微笑底下有地方不大對勁，是種空白、無望的氣氛。他肅穆地搖頭。「才不，我不喜歡顧店，瓊恩，一點都不想。為什麼這樣問啊？」

他們沉默了好一會兒，接著她又丟出另一個問題：「你當初想選擇甚麼——來當成職業呢——要是還能讓你自由選擇的話？」

他的答案讓她十足驚訝，這答案當中所表達出來的個性、還有他回應之果決以及其中所蘊含的深切感受，這答案只有兩個字——「音樂！」

「音樂！」她重複說著這個字，「音樂嗎！我從不知道你會彈奏樂器哩——我也從不知道你心底惦著音樂。」

「當我還很年輕的時候。」他對她說，他眼神眺向遠方藤蔓成蔭的窗口。「爸帶了一把吉他回家來——他說這是為了某人而去學的，他意思當然就是那些妞兒嚕，事實上我一開始就學了——但不太懂，我大概就懂這些皮毛了。」他補充說道：「這邊也沒甚麼可以聽，除非妳覺得教堂裡面的音樂也能算得上，我有一台維克多※——不過——」他不好意思地大笑起來：「艾瑪說假如我帶一台回家的話，她一定會把它摔爛，她說那比貓叫還難聽，妳也知道人的品味不同啊，瓊恩。」

他又對她笑了笑，笑得很滑稽，嘴角還稍稍抽動著：「好吧——我

※Victrola: 維克多牌唱機，尤其指老式手搖留聲機。

也該回去做點正事了。」

她讓他離開了，而她也回頭做起自己的事情，態度頗為嚴謹。

「艾瑪。」一兩天後她提問：「如果我搭伙寄宿在這邊，妳覺得如何——在這邊落腳住下了，我意思是，從今以後。」

「我巴不得妳就這樣待下呀。」她姊姊回應：「要是這鎮上有妳執業幫大家看病，一定很棒，怎麼能不跟我住呢——妳是我唯一的姊妹啊。」

「你覺得亞瑟會接受嗎？」

「怎麼不會！況且——就算他真的有意見——妳畢竟是**我**妹啊——而這是我的房子哩，他很早很早就把房子放在我名下了。」

「這樣啊。」瓊恩說：「這樣我就懂了。」

過了一下子——「艾瑪——妳對這一切感到心滿意足嗎？」

「心滿意足？怎麼這麼問？我當然很滿足啊，假如我還不滿足，那根本就是太罪過了，女兒們都嫁得不錯——我很為她們倆開心，這間房子真的挺舒適的啊，不用甚麼打理——我手下的瑪蒂達是個不可多得的好幫手呢，她也不在意多個人陪她，很願意為大家服務。對啊——我沒甚麼好擔心的。」

「妳身體也很硬朗——我看得出來。」她妹妹這麼說，這是從她姊姊清亮的臉色還有澄澈雙眼中判斷的。

「是啊——我是沒甚麼好挑剔的——就我所知。」艾瑪也認同，但在她感謝的種種當中就是沒聽到她提到亞瑟，也感覺根本就沒想到亞瑟，直到瓊恩醫生認真地向她問起他的健康狀況。

「他的健康？亞瑟嗎？怎麼了，他一直都很好啊，他這輩子還沒請過病假哩——除了最近偶爾有點疲累。」她補上這句就像是後來才意識到這點。

＊＊＊

瓊恩．巴斯康醫生在這小鎮上跟大家打了照面，拜訪過一些專業人士，也會和大家應酬聊天，她開始執業看病了，老邁的布萊斯偉特醫生漸漸衰頹了，她接手他的事業——布萊斯偉特是她的第一個朋友，讓她在這老地方還能感到有家的感覺。她姊姊家裡樓下有兩間舒適的房間，樓上有間大的臥室。「女兒都走了，現在家裡有很多空間呢。」她們兩夫妻這麼說要讓她安心。

不久瓊恩醫生安置下來，一切都步上軌道了，她便秘密計畫把她姊夫的情感從家庭生活中獨立出來，她這麼做可不是為了自己——不是那樣！就算早些年她想要在感情和生活上有所依歸，但畢竟是很久以前的事了，她現在所要做的，是讓他從這些糾結的觸鬚中自由——完全脫離。

她買了台名貴的留聲機，也順帶買了一些高檔的唱盤，帶著笑意跟她姊姊說她其實沒必要聽這些，艾瑪便鬱鬱坐在房子另一端的後廂房裡，然而她老公跟妹妹卻享受著這些樂音。但艾瑪說她漸漸習慣了，也靠得越來越近，有時候還坐在門廊上；而亞瑟卻安靜地享受著他這許久未酬的心願。

音樂在他體內神奇地騷動著，他或站或走，眼睛裡燃起一陣嶄新的火焰，嘴邊也泛起一股嶄新的肯定，瓊恩醫生火上加油，多跟他說話、討論書籍與照片，也陪他研究地圖還有航運表，討論划算的旅遊帳戶細節。

「我實在不懂你們倆怎麼會覺得音樂還有那些作曲家很有趣咧。」艾瑪說：「國外發生甚麼都跟我沒啥關係——反正音樂家不都是外國人嘛。」

亞瑟從不會跟她吵嘴；在她滔滔不絕的時候，他那激起興趣的神色就這樣黯淡消退了。

然後某一天，畢包斯太太又上她的社團課去了，她既滿足又充實。瓊恩醫生便大膽詰問了她的姐夫，要挑戰他的底線。

「亞瑟——」她說：「你肯信任我這樣一位醫生嗎？」

「當然。」他隨即脫口：「我寧可給妳看病也不給我認識的醫生看。」

「如果我覺得你需要一些治療，那麼你肯讓我為你開處方籤嗎？」

「當然願意啊。」

「那你會乖乖服藥嗎？」

「我當然會吃——不管好不好入口我都願意。」

「很好，那我要開藥給你——你得去歐洲待兩年。」

他望著她，一臉詫異。

「我是認真的，你比你自己所認知的還要嚴重呢，我要你現在就放下一切——快去旅行，兩年。」

他還是瞪著她：「可是，艾瑪——」

「別管艾瑪了，她還有這棟房子呢，她的錢也夠她妝點自己了——我也會付足夠的伙費讓她能維持這一切，艾瑪不需要你。」

「可是那店的話——」

「賣掉啊。」

「賣掉！說得簡單，誰要買啊？」

「我啊，沒錯——我是認真的，你就大大方方開個價給我，我會從你手中買下來，這應該也值個七、八千吧——存貨跟全部的東西？」

憨憨的他便同意了。

「嗯，那我就買了。像你這樣品味簡約的男子，靠這好幾千塊，吶，或兩千五吧，就夠在國外住上兩年了。你也知道那些我們研究過的帳目——這很簡單就能搞定的。回來的時候你還會有五千多塊左右——還能把餘額投資在比店鋪更適合的地方呢，你覺得可行嗎？」

他提出種種異議，直說不可能。

而她卻正襟危坐地面對這些質問：「胡說！你自己也能生活啊，她根本就不需要你——或許你回來之後她就會需要你了。還有啊——女兒也不需要你——或許之後會需要你——現在都是你的時間啊——**就是此刻**，人家都說日本人五十歲後才開始放手享受生活——你自己也可以啊！你不可能太揮霍的，畢竟也不是太多錢，但夠你在德國待上一整年了——學學德文——去看歌劇——能在特洛爾山區來個健行之旅——瑞士也行；去看看英國、蘇格蘭、愛爾蘭、法國、比利時、丹麥——這兩年裡面你能做很多事呢。」

他全神貫注地注視著她。

「幹嘛不去？為何不過你自己的人生呢？——做你想做的事情——而不是成為別人希望你成為的那個樣子啊。」

他還碎念著一些關於「義務」的話——但她狠狠讓他閉嘴了。

「假如世界上的男人都得盡他的義務，那麼亞瑟．畢包斯，你已經完成你的責任了，你看顧過你的母親了啊，就算當時她有辦法自己照顧自己；妳妹妹也是，但後來她們也獨立了；你也照顧了妳那健康的太太，此刻她其實是不需要你的，一點也不。」

「這話就說得太重了。」他辯駁：「艾瑪會想我的——我知道她會想我——」

巴斯康醫生溫柔地看著他：「再也沒有甚麼事情會好過讓她——或讓你在旅行這件事上——可以更加深切地想你。」

「我知道她絕不會贊同我這麼成行的。」一臉鬱悶的他堅稱。

「這就是我要插手的用意。」她沉靜地回答：「你當然有權利選擇醫生，而現在你的醫生很在意你的健康狀況，幫你安排了異國旅遊——讓你休息——改變生活——聽聽音樂。」

「可是艾瑪——」

「現在你聽好，亞瑟．畢包斯，忘掉艾瑪一陣子吧——我會照顧她，仔細聽好了——讓我告訴你另一件事——像這樣的改變對她反而也好。」

他還是望著她，滿臉疑惑。

「我是說真的，你離開她的話就讓她有機會可以自立自足，到時候你的信上——寫關於那些地方的事情——就會引起她的興趣了，到時她可能也會有想去的念頭啊，試試吧。」

他猶豫不決起來。那些太安定當著支柱的人往往低估了攀在他們身上那些藤蔓的能耐。

「可別跟她討論這個——不然你就有受不完的罪了，把你要轉讓店鋪的文件都準備好——我會開張支票給你，而你就搭下班船去英國，你就計畫一下在那邊的生活吧，這有個銀行地址能讓你寄信跟放支票——」

這事兒就這麼辦成了，在艾瑪還沒來得及反對的時候就已經成了，大勢已定，而現在艾瑪上氣不接下氣罵著她妹妹。

慈祥好心的瓊恩，也果敢得如一顆頑石。

「這樣像話嗎，瓊恩——大家會怎麼看待我呢！被老公拋下——這樣子欸！」

「大家會照我們告訴他們的那樣去想，也會看妳怎麼樣反應去看待妳，艾瑪．畢包斯，妳就說亞瑟身體不太好，而我建議他去國外走走——假如妳可以不要先想到自己，好好為他設想——這對妳來說根本不造成困擾啊。」

這自私的女人——因為老公無私的奉獻才變得如此自私——為了她自己的緣故，也只好接受了。是啊——亞瑟已經為健康踏上旅程了——巴斯康醫生很擔憂他的健康狀況——他是很有可能會精神衰竭的。她說。這一切未免太突然了？是啊——醫生要他快快出發，他現在在英國——打算來一趟健行之旅——她根本不知道他哪時候回來，那店呢？他賣掉了。

巴斯康醫生聘了一位很有手腕的經理來負責管理這間店鋪，弄得很成功，比疲累的畢包斯先生經營得更有聲有色。她把這間店變成了賺錢的事業，讓他最後能完整地買回去也不覺得是個負擔。

但艾瑪才是癥結點所在。所以瓊思陪艾瑪懇談、念書，仔細照著亞瑟信上所寫的地方看著地圖，讓她去看看女兒，也讓她旅遊，消除對旅行的恐懼、讓她照顧房子，她們接待一兩個寄宿客人來「作作伴」。瓊恩很費力地開墾艾瑪這一片休耕已久的靈魂之地，但現在總算有結出果實的跡象。

亞瑟出了遠門，把矮胖又笨拙的女人拋在腦後。這女人曾經這麼依賴他，彷彿他是個工具或是一頭負馱的動物——但很少為他不斷的殷勤付出設想過。

他返國了，看起來更年輕、更健壯也更瘦了，活脫脫是個機警又有活力的男子漢，心境不只寬敞了，也重新甦活起來。他找到了自己。

而他也發現到她身上有著大大的改變；在她身上不僅有羈絆著他的觸手，也有能夠自立自足的腳了。

當他想旅遊的念頭再度燃起，艾瑪也想跟著他去旅行，意外地成了絕佳的旅途伴侶。

他們之中都沒人能從巴斯康醫生手中取得畢包斯先生這致命疾病的診療書。「這是一種很危險的心臟擴張。」這是她唯一提出的看法。儘管他不認為目前有這樣的事情發生，她深切地搖搖頭，然後說：「這樣的治療的確有效呀。」

本文章刊載於 1914 年九月號《先驅者》（*The Forerunner*）月刊

# 我寫〈黃壁紙〉的理由

許多讀者問了這個問題，當這篇故事約莫在1891年的《新英格蘭雜誌》首次曝光時，一名波士頓的內科醫生便在《轉錄雜誌》（*Transcript*）中提出抗議，他指出像這樣的故事實在是不該被寫出來，它有辦法把任何讀過的人都逼瘋。

另一位內科醫生，我想他應該是來自堪薩斯，寫信告知說這是他所看過描述初期精神錯亂的作品中，寫得最好的一篇，並且——他冒昧問我——我是否曾經深陷其中？

〈黃壁紙〉這篇故事背後的故事現在陳述如下：

很多年來我長期患有嚴重的精神崩潰症狀，這病痛把我帶往憂鬱——甚至更嚴重的地步。在罹患此病的第三年，我還懷抱著虔誠的信仰，也還能感受到些許希望的微弱刺激，於是我去看了一位精神疾病的專科醫師，是名國內的權威。這名有智慧的男性醫師囑咐我長期臥床，利用「休息療法」來治療我，由於還算體健的身體狀況也適度好轉，因此他便下了斷語，說再也沒有比這種療程更適合我的方法了，將我遣送返家，並懇切囑咐我「盡可能地過著安逸馴順的生活，直到終老」，「一天內，若要動腦筋則以兩小時為限」，並且這一輩子

「絕對不能再重拾紙筆、畫筆或是鉛筆」。這件事發生在 1887 年。

我返家，也依循這些指示過了三個月，卻發現自己幾乎要抵達完全精神崩潰的臨界點了。

接著，我靠著所剩無幾的智力繼續生活下去，也獲得一位聰明朋友的幫助，我把那位權威醫師的指示當成耳邊風，我又繼續回到工作崗位上——勞動是身為人的正常生活一部分；勞動之中我們能找到快樂、成長與服務，沒有工作的人不過就像個乞丐與寄生蟲——最終才能恢復一些精力。

就在為這千鈞一髮的重生機會而感動歡欣之際，我寫下〈黃壁紙〉，當中有一些潤飾，以及情節上的增添，都是為了要把理想中的樣貌給寫出來（我本身不曾對壁飾產生幻覺或是不滿），然後我寄了一份作品副本給那位幾乎把我逼瘋的內科醫師，他不曾對這個作品給予回應。

這一本小書被精神病醫生們推崇，也成為文學作品上的一種範例。就我所知，這本書拯救了一名深陷同樣厄運的女士——她把家人嚇壞了，因此家人們不讓她待在家裡，讓她投入外面的正規活動，因此她便康復了。

這應該就是最好的結果。許多年之後，有人告知我那位偉大的專科醫生已經向他的朋友承認，在讀過〈黃壁紙〉之後他已經改變其治療神經衰弱症的方式了。

我本意不是要把大家逼瘋，反而是想把大家從被逼往瘋狂的途中給拯救出來，而這非常管用。

夏洛特・珀金斯・吉爾曼

本文章刊登於 1913 年十月號《先驅者》（*The Forerunner*）月刊

# 譯後記

## 療癒女性家庭馴化創傷經驗之吉爾曼式象徵療法

在女性歌德文學（Female Gothic）經典〈黃壁紙〉中，重重囿困女主人翁的不僅僅是一棟陰森的祖傳宅院，更是一座孤傲霸氣的父權危／圍城，以過度的理智與森嚴的門禁管束迫使女主人翁不得不為自己殺出一條光明血路，以明證受到嚴重精神壓迫之清白，最終透過極度瘋狂表現中的暴烈反撲而儼然化身一位女性主義篇章中備受傳頌的女英雄。

對於也閱讀過吉爾曼此輯中其他關注性別議題亦如肥皂劇般短篇小說的讀者來說，〈黃壁紙〉相對起來確實是部更充滿反叛暴力且十足運用幻想創意的精采象徵作品，它的現實感儘管不如其他短篇來得強烈，最後壓軸由女性所表現出的凱旋式翻轉力量反而凸顯現代女性進入家庭之後，對於更真實、更深層的馴化困境的層層艱辛突破；而也與其他第三人稱之全知觀點的短篇不同，〈黃壁紙〉以第一人稱敘述，這位吉爾曼不以具名的女英雄似乎像是銜領著所有曾經／或同時涉難的讀者從婚姻這座獄房逆境中，緊隨她步步脫困。吉爾曼的鋪陳緊湊縝密，語氣跌宕不已，非常引人入勝。

當中除了室內場景布置的交代極富意涵之外，最耐人尋味的也就是故事中女英雄與壁紙中不斷詭怪匍匐女性人形之間的互動——女英雄由一開始對於女幻體的存在所產生的不解，從厭斥到曖昧模糊，進而能以同理心體諒其相同的困頓處境，以致到最後的她（The Other）、我不分，連袂將囹圄她們的壁紙撕去，結合成了強大的女性締盟（sisterhood）力量，齊心將男性霸權嚇暈擊垮，獲得了「壓倒性的勝利」。

雖在其他家庭式短篇當中也不乏這種女性聯盟力量，且也多與女性在經濟獨立上的能力彰顯有強大關聯，但唯有在〈黃壁紙〉當中這種女英雄與女幻物之間如此的超然神聖聯結（continuum），才是屬於純粹精神性的、發於自身的，也才能夠看見吉爾曼在當時新穎女性意識中所激發的強大憤怒與氣勢。而在女性主義脈絡下來看〈黃壁紙〉所創造的意義也就是所有女性在馴化的壓迫抑鬱下，由內心底層所發出的激烈號叫（cri de coeur）。

女英雄本體與幻體之間慢慢融合的進程，揭示女性空間自主意識上對於「自由」的啟蒙與主導欲，這也是吉爾曼寫作設計上極富分析價值的一個重點，在這樣精密籌劃出來的短篇作品當中，來進一步體會對於吉爾曼時代所有美國女性所必經的家庭創傷而勇敢揭竿啟示的初衷，像〈黃壁紙〉這樣卓越超凡的創作行為不只帶有一種普世的療癒作用，也為如此奮力

搏拚的女性果敢氣質作出了劃時代的書寫紀錄，更是朝長久以來無能尊重女性經驗描述的男性霸權的臉上，狠狠賞了一記耳光，在至今二十一世紀的我們聽來，仍是十足爽快清亮。

劉柏廷　桃園中壢中原大學

國家圖書館出版品預行編目資料

黃壁紙／夏洛特・吉爾曼 Charlotte Perkins Gilman 著
劉柏廷 譯
初版—桃園市：逗點文創，2011［民 100］
192 面； 13x19 公分 -- （言寺 ;6）
譯自：The Yellow Wallpaper
ISBN：978-986-87086-3-1（平裝）

874.57　　　100008501

06

# 黃壁紙

作　　者　夏洛特・吉爾曼 Charlotte Perkins Gilman
譯　　者　劉柏廷
翻譯校訂　〈黃壁紙〉- 曾珍珍・其他篇章 - 陳夏民
編　　輯　曾谷涵
校　　對　陳允石・許家菱
封面設計　江凱群 kai-chun.chiang@live.fr
出 版 者　逗點文創結社
　　　　　330 桃園市中央街 11 巷 4-1 號
電　　話　03-3359366
傳　　真　03-3359303
郵　　撥　50155926・逗點文創社
總 經 銷　知己圖書股份有限公司
　　　　　台北公司　台北市 106 羅斯福路二段 95 號 4 樓之 3
　　　　　TEL　02-23672044　FAX　02-23635741
　　　　　台中公司　台中市 407 工業區 30 路 1 號
　　　　　TEL　04-23595819　FAX　04-23595493

I S B N　978-986-87086-3-1
定　　價　230 元
出版日期　2011 年 6 月初刷

歡迎參觀逗點網站　commaBOOKS.blogspot.com